New TOEIC Model Test 1 詳解

PART 1

1. (**B**) (A) 他們在山上。
   (B) <u>他們在森林裡。</u>
   (C) 他們在海灘。
   (D) 他們在沙漠裡。
   * desert〔ˊdɛzɚt〕*n.* 沙漠

2. (**C**) (A) 小孩們正在上火車。
   (B) 小孩們正在上公車。
   (C) <u>小孩們正在看電視。</u>
   (D) 小孩們正在吃午餐。
   * board〔bord〕*v.* 上（火車、船、飛機等）
   have〔hæv〕*v.* 吃

3. (**A**) (A) <u>他正在打棒球。</u>
   (B) 他正在玩紙牌。
   (C) 他正在拉小提琴。
   (D) 他正在玩電玩遊戲。
   * card〔kɑrd〕*n.* 紙牌　violin〔͵vaɪəˊlɪn〕*n.* 小提琴

4. (**D**) (A) 他們在室內。
   (B) 他們在睡覺。
   (C) 他們在準備餐點。
   (D) <u>他們在打鬥。</u>
   * indoors〔ˊɪnˊdorz〕*adv.* 室內
   asleep〔əˊslip〕*adj.* 睡著的　prepare〔prɪˊpɛr〕*v.* 準備

5. (**C**) (A) 房間裡有一位學生。
   (B) 房間裡有兩位學生。
   (C) <u>房間裡有很多學生。</u>
   (D) 房間是空的。
   * empty〔ˊɛmptɪ〕*adj.* 空的

6.（ **B** ）(A) 這是一場婚禮。

(B) <u>這是一場葬禮。</u>

(C) 這是一堂講課。

(D) 這是一場派對。

 * wedding〔'wɛdɪŋ〕n. 婚禮
　 funeral〔'fjunərəl〕n. 葬禮
　 lecture〔'lɛktʃɚ〕n. 講課

7.（ **C** ）(A) 女孩們正在玩跳繩。

(B) 大人們正在喝茶。

(C) <u>狗兒們正在自由奔跑。</u>

(D) 男孩們正在駕駛貨車。

 * adult〔ə'dʌlt〕n. 成年人；大人
　 have〔hæv〕v. 喝
　 cart〔kɑrt〕n.（牛、馬等拉的二輪或四輪）貨車

8.（ **B** ）(A) 老師正在協助她的學生。

(B) <u>醫生正在檢查她的病人。</u>

(C) 律師正在爲她的當事人辯護。

(D) 司機正在對她的乘客說話。

 * examine〔ɪg'zæmɪn〕v. 檢查
　 patient〔'peʃənt〕n. 病人
　 defend〔dɪ'fɛnd〕v. 爲…辯護
　 client〔'klaɪənt〕n. 當事人；訴訟人
　 driver〔'draɪvɚ〕n. 司機
　 passenger〔'pæsṇdʒɚ〕n. 乘客

9.（ **C** ）(A) 這是一場籃球比賽。

(B) 這是一場西洋棋錦標賽。

(C) <u>這是一個夜市。</u>

(D) 這是一間圖書館。

 * chess〔tʃɛs〕n. 西洋棋
　 tournament〔'tɝnəmənt〕n. 錦標賽
　 library〔'laɪˌbrɛrɪ〕n. 圖書館

10.（**C**）(A) 這是消防隊。

(B) 這是警察局。

(C) 這是廣播電台。

(D) 這是氣象站。

* station〔'steʃən〕*n.* 局；台；站
radio〔'redɪ,o〕*n.*（無線電）廣播　　weather〔'wɛðɚ〕*n.* 氣象

PART 2 詳解

11.（**A**）晚餐吃什麼？

(A) 義大利麵和肉丸。　　　　(B) 羽毛球。

(C) 豆莢裡的兩顆豌豆。

* spaghetti〔spə'gɛtɪ〕*n.* 義大利麵
meatball〔'mit,bɔl〕*n.* 肉丸
badminton〔'bædmɪntən〕*n.* 羽毛球
pea〔pi〕*n.* 豌豆　　　pod〔pɑd〕*n.* 豆莢

12.（**A**）今晚我們該做什麼？

(A) 我們去看電影。　　　　(B) 在午夜。

(C) 五十七。

* *let's*（讓）我們…（*= let us*）　　midnight〔'mɪd,naɪt〕*n.* 午夜

13.（**B**）你買新手機了嗎？

(A) 我的鑰匙掉了。　　　　(B) 是的，我買了。

(C) 門是鎖起來的。

* get〔gɛt〕*v.* 買　　*cell phone* 手機
lose〔luz〕*v.* 遺失　　lock〔lɑk〕*v.* 上鎖

14.（**C**）明天有職員會議，對嗎？

(A) 收下它。　　　　(B) 他們遲到了。

(C) 有。

* staff〔stæf〕*n.* 職員　　*take it* 收下；接受；採納
late〔let〕*adj.* 遲到的

15. (**C**) 你喜歡咖啡或是茶？
    (A) 他們只在乎一點點。   (B) 神奇寶貝。
    (C) <u>謝謝，但是我不喝。</u>

    * ***care for*** 喜歡   care〔kɛr〕*v.* 在乎
      Pokemon〔ˈpokəmɑn〕*n.* 神奇寶貝【日本動漫、遊戲，知名玩偶「皮
      卡丘」即是裡面的角色之一】
      pass〔pæs〕*v.* 放過；略過

16. (**C**) 你嬰兒的預產期是什麼時候？
    (A) 下一次。   (B) 上個月。
    (C) <u>在七月。</u>

    * due〔dju〕*adj.* 預（產）的

17. (**A**) 你說法語，不是嗎？
    (A) <u>不，但是我說德語。</u>
    (B) 人們是無知和粗魯的。
    (C) 我從來都不是。

    * French〔frɛntʃ〕*n.* 法語   German〔ˈdʒɝmən〕*n.* 德語
      ignorant〔ˈɪgnərənt〕*adj.* 無知的   rude〔rud〕*adj.* 粗魯的

18. (**C**) 你最近有看新聞嗎？
    (A) 我昨晚遇到她。   (B) 當然。離這裡沒有很遠。
    (C) <u>最近沒有。怎麼了？</u>

    * read〔rid〕*v.* 看（新聞）   lately〔ˈletlɪ〕*adv.* 最近

19. (**C**) 你推薦烤鮭魚嗎？
    (A) 是的，我時時刻刻在玩樂。
    (B) 不，他在講電話。
    (C) <u>如果由我決定，我會選小羊排。</u>

    * recommend〔ˌrɛkəˈmɛnd〕*v.* 推薦   grill〔grɪl〕*v.* 烤
      salmon〔ˈsæmən〕*n.* 鮭魚   ***all the time*** 時時刻刻
      on the phone 講電話   ***up to sb.*** 由某人決定；某人說了算
      go with 選擇   lamb〔læm〕*n.* 小羊
      chop〔tʃɑp〕*n.*（肉）排

20. (**B**) 你有可能加快一點處理事情的腳步嗎？

(A) 我們不會。

(B) 我會盡可能加快。

(C) 沒問題。它在池塘旁邊。

　* ***speed*** *things* ***up*** 加快（處理）事情的進展　　***a little bit*** 一點點
　as fast as... 像…一樣快
　certainly〔'sɜtn̩lɪ〕*adv.* 沒問題；當然　　pool〔pul〕*n.* 池塘

21. (**A**) 下週我們何不聚在一起喝杯酒？

(A) 聽起來真棒！　　　　　(B) 聞起來怪怪的。

(C) 不會很飽。

　* ***get together*** 聚在一起　　drink〔drɪŋk〕*n.*（酒的）一杯；一口
　sound〔saʊnd〕*v.* 聽起來　　smell〔smɛl〕*v.* 聞起來
　funny〔'fʌnɪ〕*adj.* 奇怪的　　fill〔fɪl〕*v.* 裝滿…
　less filling 不會很飽【原出處是美國米勒啤酒公司的廣告詞，指出該產品
　是淡啤酒，所以喝多了也不會像一般啤酒那樣有很飽的感覺】

22. (**A**) 你這個星期五想要休息嗎？

(A) 不，我需要所有能獲得的時數。

(B) 不，這不是我的錯。

(C) 不，你必須接受它。

　* off〔ɔf〕*adv.*（工作等的）休息　　fault〔fɔlt〕*n.* 過錯
　take it 接受；採納；收下

23. (**C**) 誰將在會議中作記錄呢？

(A) 基金會。　　　　　(B) 圖書館。

(C) 史提夫。

　* note〔not〕*n.* 記錄　　meeting〔'mitɪŋ〕*n.* 會議
　foundation〔faʊn'deʃən〕*n.* 基金會
　library〔'laɪˌbrɛrɪ〕*n.* 圖書館

24. (**A**) 你想要用現金或是信用卡付款？

(A) 你們接受萬事達卡嗎？

(B) 我看起來愚笨嗎？

(C) 你說英語嗎？

   * pay〔pe〕*v.* 付款 cash〔kæʃ〕*n.* 現金
   credit card 信用卡
   MasterCard〔'mæstɚ,kɑrd〕*n.* 萬事達卡【美國萬事達國際組織
    (= *MasterCard Worldwide*) 所發行的全球通用信用卡】

25. (**B**) 你午餐吃什麼？
   (A) 一個沒氣的輪胎。   (B) <u>一個起司漢堡。</u>
   (C) 臉上的一拳。
   * have〔hæv〕*v.* 吃 flat〔flæt〕*adj.*（輪胎等）沒氣的
    punch〔pʌntʃ〕*n.* 拳（打）

26. (**C**) 你會參加我們簽署請願嗎？
   (A) 我看見了。   (B) 我早就告訴你會這樣。
   (C) <u>我不認為如此。</u>
   * join〔dʒɔɪn〕*v.* 參加 sign〔saɪn〕*v.* 簽署
    petition〔pə'tɪʃən〕*n.* 請願（書）

27. (**B**) 哪個公車開往美術館？
   (A) 在樓下。   (B) <u>235 號。</u>
   (C) 現在我們完蛋了。
   * downstairs〔'daʊn'stɛrz〕*adv.* 在樓下
    finished〔'fɪnɪʃt〕*adj.* 完蛋了的

28. (**C**) 從這裡到倫敦要多久？
   (A) 這已經是我沒去倫敦最久的一次。
   (B) 在轉角左轉。
   (C) <u>大約一小時。</u>
   * get〔gɛt〕*v.* 到 London〔'lʌndən〕*n.* 倫敦【英國首都】

29. (**A**) 這些餅乾眞是美味！它們是你烤的嗎？
   (A) <u>謝謝。事實上，是我烤的。</u>
   (B) 她讓我火大。
   (C) 噢，再來一些吧。
   * delicious〔dɪ'lɪʃəs〕*adj.* 美味的；好吃的
    bake〔bek〕*v.* 烘；烤 ***as a matter of fact*** 事實上
    drive sb. nuts 讓某人火大

30. (**A**) 你對旅行感到興奮嗎？
　　　(A) 當然。　　　　　　　　(B) 到目前爲止都不錯。
　　　(C) 我很快就要回家。
　　　* excited〔ɪkˋsaɪtɪd〕adj. 興奮的　　bet〔bɛt〕v. 賭；打賭
　　　 you bet 當然；一定　　**so far, so good** 到目前爲止都不錯
　　　 be〔bɪ〕v. 回（家）

31. (**A**) 你對政策有任何疑問嗎？
　　　(A) 沒有。　　　　　　　　(B) 他重聽。
　　　(C) 對，他們來一下就走了。
　　　* policy〔ˋpɑləsɪ〕n. 政策　　**none of that sb. can think of** 沒有
　　　 hard of hearing 重聽的　　**come and go** 來一下就走

32. (**A**) 你有聽到教授剛才說的嗎？
　　　(A) 他說考試延後到下週。
　　　(B) 他同時讓我笑和哭。
　　　(C) 他老是穿同樣的套裝。
　　　* professor〔prəˋfɛsɚ〕n. 教授　　just〔dʒʌst〕adv. 剛剛
　　　 postpone〔postˋpon〕v. 延後到…　　**at the same time** 同時
　　　 suit〔sut〕n. 套裝

33. (**A**) 你到底過得如何？
　　　(A) 相當好！　　　　　　　(B) 寬廣的。
　　　(C) 星期四。
　　　* heck〔hɛk〕n. 到底；究竟
　　　 pretty〔ˋprɪtɪ〕adv. 相當；頗；非常
　　　 wide〔waɪd〕adj. 寬廣的

34. (**A**) 你對瑞奇說了什麼？他看起來不高興。
　　　(A) 什麼也沒有。我甚至沒有跟他說話。
　　　(B) 酷。我喜歡豆子。
　　　(C) 鬣鱗蜥。我不能忍受牠們。
　　　* look〔lʊk〕v. 看起來　　upset〔ʌpˋsɛt〕adj. 不高興的
　　　 nothing〔ˋnʌθɪŋ〕pron.（什麼也）沒有
　　　 iguana〔ɪˋgwɑnə〕n. 鬣鱗蜥【北美熱帶地區的大蜥蜴】
　　　 stand〔stænd〕v. 忍受

35. (**A**) 這牛奶還是新鮮的嗎？
    (A) 檢查過期日。   (B) 現在簽支票。
    (C) 在到期之前儘快喝掉它。

    * good〔gʊd〕v. 看起來   check〔tʃɛk〕v. 檢查
      expiration〔͵ɛkspə'reʃən〕n. 期限   sign〔saɪn〕v. 簽名
      check〔tʃɛk〕n. 支票   do〔du〕v. 喝
      expire〔ɪk'spaɪr〕v. 到期；終止

36. (**A**) 說得好！謝謝你。
    (A) 不客氣。   (B) 趕快。
    (C) 他們都很好。

    * *what a nice thing to say* 說得好   *on the double* 趕快；加速

37. (**A**) 我能來幫忙什麼事嗎？
    (A) 不用，我已經掌握好所有的事。

    * cover〔'kʌvɚ〕v. 覆蓋；遮蔽   *get sth. covered* 掌握某事

38. (**C**) 培頓先生預定什麼時候抵達？
    (A) 他有可能搭計程車。   (B) 牠們是一種奇怪的鳥類。
    (C) 他的班機中午降落。

    * due〔dju〕adj. 預定…的   arrive〔ə'raɪv〕v. 抵達
      probably〔'prɑbəblɪ〕adv. 可能   flight〔flaɪt〕n. 班機
      land〔lænd〕v. 降落

39. (**A**) 幫我個忙，叫羅傑打電話給我。
    (A) 沒問題。   (B) 黑與白。
    (C) 那也是我的最愛。

    * favor〔'fevɚ〕n. 幫忙；請求   *do sb. a favor* 幫某人一個忙
      you got it 沒問題   favorite〔'fevrɪt〕n. 最喜愛的（人、物）

40. (**B**) 這電影太長了，你不覺得嗎？
    (A) 記得打電話給我。   (B) 我以為它不會結束。
    (C) 搬家是如此麻煩的事。

    * think〔θɪŋk〕v. 認為；以為   *call me maybe* 記得打電話給我
      end〔ɛnd〕v. 結束   moving〔'muvɪŋ〕n. 搬家
      chore〔tʃor〕n. 麻煩的事

PART 3 詳解

Questions 41 through 43 refer to the following conversation.

男： 貝琪的母親幾歲？有人說她大約 45 歲，不過她看起來年輕許多。

女： 她看起來像是 30 幾歲，不是嗎？

男： 我同意。她可以當貝琪的姊姊了。

女： 我希望當我在她這個年紀的時候，也看起來這麼好。

* somebody〔'sʌm,bɑdɪ〕*pron.* 有人；某人
　around〔ə'raʊnd〕*prep.* 大約；差不多
　in one's 30s 某人 30 幾歲　　*I'll say.* 我同意　　*pass for* 當作

41. (**C**) 說話者正在討論什麼？
　　　(A) 貝琪的態度。　　　　　　(B) 貝琪的外表。
　　　(C) 貝琪的母親。　　　　　　(D) 貝琪的年紀。
　　* discuss〔dɪ'skʌs〕*v.* 討論　　attitude〔'ætə,tjud〕*n.* 態度
　　　appearance〔ə'pɪrəns〕*n.* 外表

42. (**A**) 男士說什麼？
　　　(A) 貝琪的母親看起來比她的年齡還年輕。
　　　(B) 她從未遇過貝琪的母親。
　　　(C) 貝琪看起來像 30 歲。
　　　(D) 她可以當貝琪的姊姊。
　　* meet〔mit〕*v.* 遇見

43. (**B**) 關於貝琪的母親，我們知道什麼？
　　　(A) 她身體狀況很好。
　　　(B) 她至少有一個女兒。
　　　(C) 她年輕的時候就結婚了。
　　　(D) 她才做了整容手術。
　　* know〔no〕*v.* 知道　　physical〔'fɪzɪkl̩〕*adj.* 身體的
　　　condition〔kən'dɪʃən〕*n.* 狀況　　*at least* 至少
　　　marry〔'mærɪ〕*v.* 結婚
　　　cosmetic〔kɑz'mɛtɪk〕*adj.* 美容的
　　　surgery〔'sɝdʒərɪ〕*n.* 手術　　*cosmetic surgery* 整容手術

Questions 44 through 46 refer to the following conversation.

女： 嗨，傑克。近來如何？我好久沒看到你了。你出城了嗎？

男： 嘿，敏蒂。我們有一陣子沒見面了，不是嗎？是的，過去三個星期我到加拿大去了。

女： 噢，加拿大每年的這個時候很棒。你是出差還是消遣？

男： 主要是出差。雖然我確實有遊覽尼加拉瀑布的機會。

* ages〔edʒɪz〕*n. pl.* 很長的時間　　***out of town*** 出城
Canada〔'kænədə〕*n.* 加拿大　　lovely〔'lʌvlɪ〕*adj.* 很好的
on business 出差　　pleasure〔'plɛʒɚ〕*n.* 消遣
for pleasure 為了玩樂　　mostly〔'mostlɪ〕*adv.* 主要地
visit〔'vɪzɪt〕*v.* 遊覽；參觀　　Niagara〔naɪ'ægrə〕*n.* 尼加拉河【流經美國和加拿大邊境的一條河】
Niagara Falls 尼加拉瀑布

44. (**C**) 為什麼傑克和敏蒂有一陣子沒見面了？
　　　(A) 敏蒂出城去了。　　　(B) 敏蒂生病了。
　　　(C) 傑克出城去了。　　　(D) 傑克在迴避她。
　　　* ill〔ɪl〕*adj.* 生病的　　avoid〔ə'vɔɪd〕*v.* 迴避

45. (**A**) 關於傑克，我們知道什麼？
　　　(A) 他出差。　　　(B) 他的嗜好是觀光。
　　　(C) 他在加拿大。　　　(D) 他的工作是非常有壓力的。
　　　* hobby〔'habɪ〕*n.* 嗜好；興趣　　tourism〔'turɪzəm〕*n.* 觀光
　　　stressful〔'strɛsfəl〕*adj.* 壓力大的

46. (**A**) 關於敏蒂，我們知道什麼？
　　　(A) 她之前去過加拿大。
　　　(B) 她常常旅遊。
　　　(C) 她急速老化。
　　　(D) 她沒有注意到傑克下落不明。
　　　* frequently〔'frikwəntlɪ〕*adv.* 常常；經常
　　　age〔edʒ〕*v.* 變老　　rapidly〔'ræpɪdlɪ〕*adv.* 迅速地
　　　notice〔'notɪs〕*v.* 注意到
　　　missing〔'mɪsɪŋ〕*adj.* 下落不明的；失蹤的

Questions 47 through 49 *refer to the following conversation.*

男 ： 妳今晚想吃什麼？我們要去外面或是在家吃？

女 ： 老實說，我無所謂。既然你是掌廚，這真的由你決定。你今晚想下廚嗎？

男 ： 我兩樣都可以。如果我煮飯的話，妳會幫忙洗盤子嗎？

女 ： 重新考慮之後，吃披薩如何？我來穿外套。

> * ***feel like*** 想要　　stay〔ste〕*v.* 待；留
> honestly〔'ɑnɪstlɪ〕*adv.* 老實說　　care〔kɛr〕*v.* 在乎
> ***I don't care*** 我無所謂　　cook〔kʊk〕*n.* 廚師
> ***up to you*** 由你決定　　cooking〔'kʊkɪŋ〕*n.* 烹調
> either〔'iðɚ〕*adj.* 兩者之一的
> ***help with the dishes*** 幫忙洗盤子
> ***on second thought*** 重新考慮　　sound〔saʊnd〕*v.* 聽起來
> get〔gɛt〕*v.* 穿

47. (**A**) 說話者最有可能是誰？
　　　(A) 丈夫和妻子。　　　　(B) 老師和學生。
　　　(C) 醫生和病人。　　　　(D) 律師和委託人。
　　　* client〔'klaɪənt〕*n.* 委託人

48. (**B**) 說話者主要在討論什麼？
　　　(A) 看什麼電視。　　　　(B) 吃什麼晚餐。
　　　(C) 去哪裡度假。　　　　(D) 如何付費。
　　　* have〔hæv〕*v.* 吃　　spend〔spɛnd〕*v.* 度過
　　　　pay〔pe〕*v.* 支付　　damage〔'dæmɪdʒ〕*n.* 費用

49. (**A**) 女士暗示什麼？
　　　(A) 她不想幫忙洗盤子。
　　　(B) 她有一陣子沒吃披薩了。
　　　(C) 她今晚想待在家裡。
　　　(D) 她在和丈夫兩人之中是比較好的廚師。
　　　* imply〔ɪm'plaɪ〕*v.* 暗示

Questions 50 through 52 *refer to the following conversation.*

女： 你知道這附近的銀行幾點關門嗎？

男： 我想大部份還有開到六點鐘。

女： 棒極了！在我來的地方，銀行三點半關門。

男： 妳從哪裡來？

女： 台灣。

> * close〔kloz〕v. 關門；打烊　　around〔ə'raund〕adv. 在周圍
> stay〔ste〕v. 保持…的狀態　　open〔'opən〕adj. 開門的；營業的
> awesome〔'ɔsəm〕adj. 棒極了的

50.(**B**) 女士想要知道什麼？

(A) 郵局什麼時候開。　　　　(B) <u>銀行什麼時候關。</u>

(C) 信件什麼時後到。　　　　(D) 什麼時候收集資源回收。

> * ***post office*** 郵局　　arrive〔ə'raɪv〕v. 到達
> recycling〔ˌri'saɪklɪŋ〕n. 資源回收
> collect〔kə'lɛkt〕v. 收集

51.(**B**) 男士說什麼？

(A) 郵局六點開。　　　　　　(B) <u>銀行六點關。</u>

(C) 信件六點過來。　　　　　(D) 六點收拾資源回收。

> * ***pick up*** 收拾

52.(**C**) 關於女士，何者為真？

(A) 她想要郵寄包裹。　　　　(B) 她想要開戶。

(C) <u>她在外國。</u>　　　　　　(D) 她熟悉資源回收的程序。

> * mail〔mel〕v. 郵寄　　package〔'pækɪdʒ〕n. 包裹
> open〔'opən〕v. 開（戶頭）　　account〔ə'kaunt〕n. 戶頭
> foreign〔'fɔrɪn〕adj. 外國的　　familiar〔fə'mɪljə〕adj. 熟悉的
> procedure〔prə'sidʒə〕n. 程序

Questions 53 through 55 *refer to the following conversation.*

男： 琳達，有可能在星期五完成銷售報告嗎？

女： 我相當確定可以完成它，但是我需要得到加班批准。

男：不是問題。我會和艾凡斯講。他是提出請求的人。

女：好，記得告訴我。我會繼續做報告。

男：太好了。盡妳所能，其餘的我來處理。

> * wrap〔ræp〕*v.* 做完　　sales〔selz〕*adj.* 銷售的
> fairly〔ˋfɛrlɪ〕*adv.* 相當地　　certain〔ˋsɜtn̩〕*adj.* 確信的
> need〔nid〕*v.* 需要　　approval〔əˋpruvl̩〕*n.* 批准
> overtime〔ˋovɚˏtaɪm〕*adv.* 超過時間地　　***work overtime*** 加班
> make〔mek〕*v.* 提出　　request〔rɪˋkwɛst〕*n.* 請求
> ***just let me know*** 記得告訴我　　keep〔kip〕*v.* 繼續
> ***take care of*** *sth.* 處理~　　rest〔rɛst〕*n.* 其餘

53. (**C**) 男士希望琳達做什麼？
    (A) 和艾凡斯談話。　　　　(B) 休息。
    (C) 完成指派的工作。　　　(D) 幫他的忙。

    > * break〔brek〕*n.*（短暫的）休息
    > task〔tæsk〕*n.*（指派的）工作　　***help*** *sb.* ***out*** 幫某人的忙

54. (**C**) 女士說什麼？
    (A) 她不能履行請求。　　　(B) 她想要和艾凡斯說話。
    (C) 她認為她可以在星期五完成報告。
    (D) 她討厭加班。

    > * fulfill〔fʊlˋfɪl〕*v.* 履行

55. (**A**) 哪個敘述最符合女士的態度？
    (A) 合作的。　　　　　　　(B) 謀反的。
    (C) 生氣的。　　　　　　　(D) 冷漠的。

    > * cooperative〔koˋɑpəˏretɪv〕*adj.* 合作的
    > rebellious〔rɪˋbɛljəs〕*adj.* 謀反的；反叛的
    > annoyed〔əˋnɔɪd〕*adj.* 生氣的
    > indifferent〔ɪnˋdɪfrənt〕*adj.* 冷漠的

Questions 56 through 58 *refer to the following conversation.*

女：鮑比，你寫完功課了嗎？

男：是的，媽咪，大約一個小時前。我沒有太多作業要寫—只有一些數學習題。

女：很好。我要你替我跑一趟市場，這有點緊急。

男：好，要做什麼？

女：清單在這裡，給你一些錢。請快點。在你買奶油和植物油回來之前，我無法開始做晚餐。

> * finish〔'fɪnɪʃ〕v. 做完　　like〔laɪk〕prep. 大約；差不多
> exercise〔'ɛksəˌsaɪz〕n. 習題　***run down*** 跑去
> ***kind of*** 有點　　emergency〔ɪ'mɝdʒənsɪ〕n. 緊急
> list〔lɪst〕n. 清單　　hurry〔'hɝɪ〕v. 趕快
> vegetable〔'vɛdʒtəbḷ〕n. 植物

56. (**C**) 說話者最有可能的關係是？

    (A) 母女。　　　　　　　(B) 姊弟。

    (C) <u>母子</u>。　　　　　　　(D) 姑姪。

57. (**B**) 女士要鮑比做什麼？

    (A) 寫完他的功課。　　　(B) <u>去商店</u>。

    (C) 停止在屋子裡奔跑。　(D) 做晚餐。

58. (**B**) 女士給鮑比什麼？

    (A) 奶油和植物油。　　　(B) <u>一張清單和一些錢</u>。

    (C) 數學習題。　　　　　(D) 她的電話號碼。

Questions 59 through 61 *refer to the following conversation.*

男：你是這裡的經理嗎？

女：是的，我是經理。先生，我可以如何協助你？

男：聽著，我為簡單的起司漢堡等了超過一個小時。這讓我氣壞了！

女：先生，那是不可能的。你向誰點餐呢？

男：我不記得了，是某個傢伙，我以為他是這裡的服務生。

> * manager〔'mænɪdʒɚ〕n. 經理
> assistance〔ə'sɪstəns〕n. 幫助；援助
> simple〔'sɪmpḷ〕adj. 簡單的　　outrage〔'autˌredʒ〕n. 憤怒
> place〔ples〕v. 點（餐）　　order〔'ɔrdɚ〕n. 餐點
> guy〔gaɪ〕n. 人；傢伙

59. (**D**) 這段對話最有可能在哪發生？
    (A) 銀行。   (B) 超級市場。
    (C) 教堂。   (D) 餐廳。
    * conversation〔͵kɑnvɚˈseʃən〕*n.* 對話   ***take place*** 發生

60. (**A**) 男士的不滿是什麼？
    (A) 他點的餐沒有來。
    (B) 他的購物手推車有搖晃的輪子。
    (C) 出納員沒有給他收據。
    (D) 牧師在佈道時遲到了。
    * complaint〔kəmˈplent〕*n.* 不滿；抱怨
    arrive〔əˈraɪv〕*v.* 到達   cart〔kɑrt〕*n.* 手推車
    wobbly〔ˈwɑblɪ〕*adj.* 搖擺的   wheel〔hwil〕*n.* 車輪
    teller〔ˈtɛlɚ〕*n.* 出納員   receipt〔rɪˈsit〕*n.* 收據
    priest〔prist〕*n.* 牧師   sermon〔ˈsɝmən〕*n.* 佈道

61. (**B**) 男士忘記什麼？
    (A) 誰拿走他的錢。   (B) 誰幫他點餐。
    (C) 他在哪裡遇見妻子。   (D) 為什麼他餓了。

Questions 62 through 64 *refer to the following conversation.*

女：好的，吉姆，你有任何問題嗎？
男：羅傑斯女士，我只有一個問題。公司有制定的服裝規定嗎？

女：我們這裡相當輕鬆。只要你來的時候不要穿海灘褲跟夾腳拖，這不會是
    個問題。不過，回答你的問題，不，我們沒有服裝規定。那對您來說沒
    問題吧？
男：噢，是的。一定沒問題。事實上，我只是好奇。我的前雇主對什麼能穿、
    什麼不能穿有非常嚴格的規定，我認為這促成…嗯，我該怎麼說呢？壓
    迫的環境。

女：我知道你的意思，吉姆，當提到這類的事情時，我們公司是相當進步的。
    我們相信快樂的員工是更有生產力的員工。

    * established〔əˈstæblɪʃt〕*adj.* 制定的；確立的
    dress code 服裝規定   pretty〔ˈprɪtɪ〕*adj.* 相當；頗；非常
    casual〔ˈkæʒuəl〕*adj.* 輕鬆的   ***as long as*** 只要

board shorts 海灘褲　flip-flops（'flɪpˌflɑps）*n.* 夾腳拖；人字拖
definitely（'dɛfənɪtlɪ）*adv.* 一定；的確
actually（'æktʃuəlɪ）*adv.* 事實上　curious（'kjurɪəs）*adj.* 好奇的
former（'fɔrmɚ）*adj.* 前任的　employer（ɪm'plɔɪɚ）*n.* 雇主
strict（strɪkt）*adj.* 嚴格的　policy（'pɑləsɪ）*n.* 政策；方針
contribute（kən'trɪbjut）*v.* 促成＜to＞　put（put）*v.* 描述
oppressive（ə'prɛsɪv）*adj.* 壓迫的
environment（ɪn'vaɪrənmənt）*n.* 環境　mean（min）*v.* 意思是…
fairly（'fɛrlɪ）*adv.* 相當地　progressive（prə'grɛsɪv）*adj.* 進步的
sort（sɔrt）*n.* 種類　employee（ˌɛmplɔɪ'i）*n.* 員工；雇員
productive（prə'dʌktɪv）*adj.* 有生產力的

62.（**A**）羅傑斯女士最有可能擔任什麼職位？
　　　　(A) 經理。　　　　　　　(B) 秘書。
　　　　(C) 職員。　　　　　　　(D) 售貨員。
　　　　* position（pə'zɪʃən）*n.* 職位　hold（hold）*v.* 擔任；就任
　　　　　manager（'mænɪdʒɚ）*n.* 經理
　　　　　secretary（'sɛkrəˌtɛrɪ）*n.* 秘書　clerk（klɝk）*n.* 職員
　　　　　salesperson（'selzˌpɝsn̩）*n.* 售貨員

63.（**B**）這段對話的目的是什麼？
　　　　(A) 吉姆被開除。　　　　(B) 吉姆在面試工作。
　　　　(C) 吉姆在抱怨工作。
　　　　(D) 吉姆在說明為什麼需要工作。
　　　　* fire（faɪr）*v.* 解雇　interview（'ɪntɚˌvju）*v.* 面談
　　　　　complain（kəm'plen）*v.* 抱怨；發牢騷
　　　　　explain（ɪk'splen）*v.* 說明　need（nid）*v.* 需要

64.（**B**）吉姆問了什麼？
　　　　(A) 健康津貼。　　　　　(B) 服裝規定。
　　　　(C) 加班。　　　　　　　(D) 休假時間。
　　　　* benefit（'bɛnəfɪt）*n.* 津貼　overtime（'ovɚˌtaɪm）*n.* 加班

Questions 65 through 67 *refer to the following conversation.*

男：那是妳的新車嗎？
女：是的。你覺得它怎麼樣？你喜歡它嗎？

男：哇，我當然喜歡它！妳哪來的錢付這麼貴的車？

女：我透過信用合作社融資，而且是非常棒的交易。

男：太好了。載我兜個風如何？

　　* boy〔bɔɪ〕*interj.* 哇【口】　　expensive〔ɪkˈspɛnsɪv〕*adj.* 昂貴的
　　wheels〔hwilz〕*n. pl.* 汽車　　finance〔ˈfaɪnæns〕*v.* 融資
　　credit〔ˈkrɛdɪt〕*n.* 信用　　union〔ˈjunjən〕*n.* 合作社
　　pretty〔ˈprɪtɪ〕*adv.* 相當；頗；非常　　deal〔dil〕*n.* 交易
　　sweet deal 很好的交易　　*good for you* 太好了
　　spin〔spɪn〕*n.* 兜風

65.(**C**) 女士最近購買了什麼？
　　(A) 新的腳踏車。　　　　(B) 新房子。
　　(C) 新車。　　　　　　　(D) 新電腦。
　　* recently〔ˈrisn̩tlɪ〕*adv.* 最近　　purchase〔ˈpɝtʃəs〕*v.* 購買

66.(**C**) 她如何付買車的錢？
　　(A) 用信用卡。　　　　　(B) 用現金。
　　(C) 用貸款。　　　　　　(D) 用金條。
　　* pay〔pe〕*v.* 支付　　*credit card* 信用卡
　　cash〔kæʃ〕*n.* 現金　　loan〔lon〕*n.* 貸款
　　bar〔bɑr〕*n.* 條；棒

67.(**A**) 男士要求什麼？
　　(A) 乘坐女士的車。　　　(B) 個人貸款。
　　(C) 請假休息。　　　　　(D) 約會。
　　* ask〔æsk〕*v.* 要求　　ride〔raɪd〕*n.* 搭乘
　　personal〔ˈpɝsn̩l〕*adj.* 個人的　　off〔ɔf〕*adj.* 休息的
　　date〔det〕*n.* 約會

Questions 68 through 70 refer to the following conversation.

女：在銷售部門的冷氣還沒修好。你能相信這種事嗎？

男：妳在開玩笑嗎？那些人真可憐。待在那裡一定很折磨。

女：當然，它都在每年最熱的一週壞掉。

男：嗯，通常都是這樣，不是嗎？

* air-conditioning〔ˈɛrkənˌdɪʃənɪŋ〕*n.* 冷氣；空調
sales〔selz〕*adj.* 銷售的　　department〔dɪˈpɑrtmənt〕*n.* 部門
fix〔fɪks〕*v.* 修理　　kid〔kɪd〕*v.* 開玩笑【口】
poor〔pur〕*adj.* 可憐的　　miserable〔ˈmɪzrəb!〕*adj.* 受折磨的
break〔brek〕*v.* 打破　　***break down*** 壞掉；故障
usually〔ˈjuʒuəlɪ〕*adv.* 通常

68. (**C**) 說話者是誰？
　　(A) 兄弟姊妹。　　　　　　(B) 同學。
　　(C) 同事。　　　　　　　　(D) 鄰居。
　　　　* siblings〔ˈsɪblɪŋz〕*n. pl.* 兄弟姊妹
　　　　　colleague〔ˈkɑlig〕*n.* 同事　　neighbor〔ˈnebɚ〕*n.* 鄰居

69. (**A**) 銷售部門發生什麼事了？
　　(A) 冷氣壞掉了。　　　　　(B) 正在進行銷售會議。
　　(C) 正在舉辦同事的生日派對。
　　(D) 桌子被重新排列。
　　　　* broken〔ˈbrokən〕*adj.* 毀壞的；損壞的
　　　　　meeting〔ˈmitɪŋ〕*n.* 會議　　***take place*** 進行；發生
　　　　　hold〔hold〕*v.* 舉行　　co-worker〔ˈkoˈwɝkɚ〕*n.* 同事
　　　　　rearrange〔ˌriəˈrendʒ〕*v.* 重新排列

70. (**B**) 這段對話發生在什麼時候？
　　(A) 春天。　　　　　　　　(B) 夏天。
　　(C) 秋天。　　　　　　　　(D) 冬天。

PART 4 詳解

Questions 71 through 73 refer to the following speech.

　　紐西蘭最大和人口最稠密的城市，奧克蘭，它獨一無二坐落在兩個港口之間，伴隨著 11 座死火山和無數島嶼，讓這城市有全世界最大的每人船隻所有權。奧克蘭是紐西蘭的經濟發電廠—1百40萬的居民佔超過百分之 30 的全國人口，並且貢獻百分之 35 的國內生產毛額。奧克蘭也是全國最受過教育者的家，接近百分之 37 的就業人口有學士學位或者更高。去年，這城市開始名為「奧克蘭計畫」的 30

年倡議，使它成為全世界最適合居住的城市。這計畫立志要著手運輸、住宅、創造工作機會和環境保護的挑戰。然而，這城市已經受到全球經濟衰退的衝擊。在第三季的時候，紐西蘭的失業率達到百分之7點3，是13年來的新高。

* New Zealand〔nju'zilənd〕*n.* 紐西蘭【位在南半球的海島國家】
  populous〔'papjələs〕*adj.* 人口稠密的
  Auckland〔'ɔklənd〕*n.* 奧克蘭【位在北島，是紐西蘭的工商中心】
  uniquely〔ju'niklɪ〕*adv.* 獨特地　　set〔sɛt〕*v.* 位在
  harbor〔'harbɚ〕*n.* 港口　　extinct〔ɪk'stɪŋkt〕*adj.* (火) 熄滅的
  volcano〔val'keno〕*n.* 火山　　numerous〔'njumrəs〕*adj.* 極多的
  ownership〔'onɚˏʃɪp〕*n.* 所有權　　per〔pɚ〕*prep.* 每…
  economic〔ˏikə'namɪk〕*adj.* 經濟的
  powerhouse〔'pauɚˏhaus〕*n.* 發電廠　　million〔'mɪljən〕*n.* 百萬
  account〔ə'kaunt〕*v.* 佔　　percent〔pɚ'sɛnt〕*n.* 百分比

  population〔ˏpapjə'leʃən〕*n.* 人口
  contribute〔kən'trɪbjut〕*v.* 貢獻　　***GDP*** 國內生產毛額【(= *Gross Domestic Product*) 一個國家或地區在一段時間 (通常一年) 內，生產的所有最終產品和服務的價值】　　gross〔gros〕*adj.* 總額的
  domestic〔də'mɛstɪk〕*adj.* 國內的　　product〔'pradəkt〕*n.* 產品
  educated〔'ɛdʒuˏketɪd〕*adj.* 受過教育的　　nearly〔'nɪrlɪ〕*adv.* 接近
  hold〔hold〕*v.* 擁有　　bachelor〔'bætʃələ〕*n.* 學士
  degree〔dɪ'gri〕*n.* 學位　　launch〔lɔntʃ〕*v.* 開始；展開
  initiative〔ɪ'nɪʃɪˏetɪv〕*n.* 倡議　　call〔kɔl〕*v.* 名為；稱為
  plan〔plæn〕*n.* 計畫　　livable〔'lɪvəbḷ〕*adj.* 適合居住的

  aim〔em〕*v.* 立志　　tackle〔'tækḷ〕*v.* 著手；處理
  challenge〔'tʃælɪndʒ〕*n.* 挑戰　　transport〔træns'port〕*n.* 運輸
  housing〔'hauzɪŋ〕*n.* 住宅　　creation〔krɪ'eʃən〕*n.* 創造
  environment〔ɪn'vairənmənt〕*n.* 環境
  protection〔prə'tɛkʃən〕*n.* 保護　　impact〔ɪm'pækt〕*v.* 衝擊
  global〔'globḷ〕*adj.* 全球的；全世界的
  slowdown〔'sloˏdaun〕*n.* 衰退　　quarter〔'kwɔrtɚ〕*n.* 季
  unemployment〔ˏʌnɪm'plɔɪmənt〕*n.* 失業　　rate〔ret〕*n.* 率
  hit〔hɪt〕*v.* 達到

71. (**A**) 這段談話的目的是什麼？
    (A) 告知。   (B) 懇求。
    (C) 爭論。   (D) 說服。
    * inform〔ɪnˋfɔrm〕v. 告知   solicit〔səˋlɪst〕v. 懇求
      argue〔ˋɑrgju〕v. 爭論   persuade〔pɚˋswed〕v. 說服

72. (**A**) 關於奧克蘭，以下何者不是真的？
    (A) 它有 11 座活火山。   (B) 它是紐西蘭最大的城市。
    (C) 它有 1 百 40 萬的人口。
    (D) 它是國內最受過教育者的家。
    * active〔ˋæktɪv〕adj. 活動中的

73. (**A**) 第三季發生什麼事？
    (A) 失業率提高。   (B) 在奧克蘭的火山爆發。
    (C) 國內生產毛額增加百分之 35。
    (D) 羊隻的價格下跌。
    * ***go up*** 上升   erupt〔ɪˋrʌpt〕v.（火山）爆發
      rise〔raɪz〕v. 增加   price〔praɪs〕n. 價格
      lamb〔læm〕n. 小羊   decline〔dɪˋklaɪn〕v. 下跌

Questions 74 through 76 refer to the following announcement.

嗯，我幾乎不會說手槍主要是用來打靶。我持有兩把手槍：一把是繼承我祖父的史密斯威森點 38 手槍，和我經營酒品店時，帶在身上的一把春田極限 9 型手槍。我有一張隱藏的武器許可證。我可以用極高的準確度來射擊標靶，而且我差不多每天練習拔槍。不過，我為了一個原因練習這個…主要是說，如果有人走進我的店裡，拔出槍械，我就能夠撂倒他們。在我勉強能握著槍枝的時候，我老爹教我射擊，但是直到我有一間店面之前，我未曾做過很多練習。老實說，我真希望不覺得需要一把槍，可是我們都感受到這需求。我們覺得在櫃台下有一把散彈槍，一罐防熊噴霧，和辦公室裡有一把點 45 手槍才是足夠的。我們會這麼認為是因為在小鎮上有很多人被射殺。是的，射擊在靶上的彈藥比在人身上的還多，但是他們打靶的目的是為了射殺人。手槍只有攻擊和防衛兩種目的，我帶著來防禦…只因為其他人是拿來攻擊。

* hardly〔'hɑrdlɪ〕*adv.* 幾乎不…　　handgun〔'hænd,gʌn〕*n.* 手槍
primarily〔'praɪ,mɛrəlɪ〕*adv.* 主要地　　shooting〔'ʃutɪŋ〕*n.* 射擊
target〔'tɑrgɪt〕*n.* 靶　　own〔on〕*v.* 持有
S & W .38 史密斯威森點 38 手槍　　inherit〔ɪn'hɛrɪt〕*v.* 繼承
XD9 春田極限 9 型手槍　　run〔rʌn〕*v.* 經營
liquor〔'lɪkɚ〕*n.* 酒類　　conceal〔kən'sil〕*v.* 隱藏
weapon〔'wɛpən〕*n.* 武器　　permit〔'pɝmɪt〕*n.* 許可證
shoot〔ʃut〕*v.* 射擊　　extreme〔ɪk'strim〕*adj.* 極度的
accuracy〔'ækjərəsɪ〕*n.* 準確性　　practice〔'præktɪs〕*n.,v.* 練習
draw〔drɔ〕*n.* 拔出（槍）　　nearly〔'nɪrlɪ〕*adv.* 差不多；將近
reason〔'rizn̩〕*n.* 原因　　pull〔pʊl〕*v.* 拔（槍）
firearm〔'faɪr,ɑrm〕*n.* 槍械　　***put sb. down*** 把某人摔倒

barely〔'bɛrlɪ〕*adv.* 勉強地　　hold〔hold〕*v.* 握著
put〔pʊt〕*v.* 使…在某個狀態　　honestly〔'ɑnɪstlɪ〕*adv.* 老實說
feel like 覺得；感到；想要　　need〔nid〕*v.* 需要
enough〔ɪ'nʌf〕*adj.* 足夠…的　　shotgun〔'ʃɑt,gʌn〕*n.* 散彈槍
counter〔'kaʊntɚ〕*n.* 櫃台　　can〔kæn〕*n.* 罐
mace〔mes〕*n.* 梅斯催淚器　　**.45** 點 45 型手槍
plenty〔'plɛntɪ〕*n.* 多量　　ammo〔'æmo〕*n.* 彈藥（= *ammunition*）
purpose〔'pɝpəs〕*n.* 目的　　attack〔ə'tæk〕*n.* 攻擊
defense〔dɪ'fɛns〕*n.* 防衛　　carry〔'kærɪ〕*v.* 攜帶

74.（**B**）說話者在談論什麼？
　　(A) 經營酒品店。　　　　　(B) 槍枝所有權。
　　(C) 打獵。　　　　　　　　(D) 他的童年。
　　* hunting〔'hʌntɪŋ〕*n.* 打獵；狩獵
　　　childhood〔'tʃaɪld,hʊd〕*n.* 童年

75.（**A**）為什麼說話者持有一把春田極限 9 型手槍？
　　(A) 自我防衛。　　　　　　(B) 打靶。
　　(C) 連續犯罪。　　　　　　(D) 樂趣。
　　* ***crime spree*** 連續犯罪

76.（**B**）說話者什麼時候學會用槍？
　　(A) 去年。　　　　　　　　(B) 當他經營酒品店的時候。
　　(C) 在他被槍射中之後。　　(D) 小時候。
　　* handle〔'hændl̩〕*v.* 使用；操作

Questions 77 through 79 *refer to the following news report.*

　　昨天一位教育部官員說，推動大學成為無菸場所的努力，已經讓台灣的六十五所大學禁止在校內吸菸。教育部體育司長王俊權表示，教育部希望在明年底前，增加無菸校園的數量到 72 所。王司長說，有很多努力要做，並且要所有教職員和學生的合作，來預防人們在校園吸菸。去年，教育部展開在大學校園禁菸的倡導。王司長說，在設有夜校的學校，禁菸較難維持，由於學生通常是長期吸菸的成人，這很難讓他們克制。

　　university 〔͵junə'vɝsətɪ〕n. 大學　　ban 〔 bæn 〕*v.* 禁止
　　smoke 〔 smok 〕*v.* 吸菸　　campus 〔'kæmpəs 〕*n.* 校園
　　effort 〔'ɛfət 〕*n.* 努力　　smoke-free 〔͵smok'fri 〕*adj.* 無菸的
　　ministry 〔'mɪnɪstrɪ 〕*n.* 部　　***Ministry of Education*** 教育部
　　official 〔 ə'fɪʃəl 〕*n.* 官員　　increase 〔 ɪn'kris 〕*v.* 增加
　　non-smoking 〔͵nɑn'smokɪŋ 〕*adj.* 禁止吸菸的
　　head 〔 hɛd 〕*n.* 長官　　department 〔 dɪ'pɑrtmənt 〕*n.* 司
　　physical 〔'fɪzɪkḷ 〕*adj.* 身體的
　　cooperation 〔 ko͵ɑpə'reʃən 〕*n.* 合作　　faculty 〔'fækḷtɪ 〕*n.* 教職員
　　prevent 〔 prɪ'vɛnt 〕*v.* 預防　　launch 〔 lɔntʃ 〕*v.* 展開
　　initiative 〔 ɪ'nɪʃɪ͵etɪv 〕*n.* 倡導　　maintain 〔 men'ten 〕*v.* 維持
　　offer 〔'ɔfə 〕*v.* 設有　　adult 〔 ə'dʌlt 〕*n.* 成人
　　smoker 〔'smokə 〕*n.* 吸菸者　　term 〔 tɝm 〕*n.* 期間
　　abstain 〔 əb'sten 〕*v.* 抑制；節制

77. (**A**) 這篇報導主要是關於什麼？
　　　(A) 吸菸。　　　　　　　　(B) 電玩遊戲。
　　　(C) 飲酒。　　　　　　　　(D) 吸毒。

　　　* video 〔'vɪdɪ͵o 〕*adj.* 電視的
　　　　drinking 〔'drɪŋkɪŋ 〕*n.* 飲酒　　drug 〔 drʌg 〕*n.* 毒品

78. (**A**) 教育部明年底想做什麼？
　　　(A) 增加無菸校園的數量。　　(B) 在台灣消除吸菸。
　　　(C) 首先預防小孩吸菸。　　　(D) 關閉六十五所大學

　　　* eliminate 〔 ɪ'lɪmə͵net 〕*v.* 除去；消除
　　　　in the first place 首先

79. (**B**)　爲什麼在設有夜校的學校，禁菸較難實施？
　　　(A)　大多數的吸菸者在晚上抽菸。
　　　(B)　這比較難讓成人節制。　　　(C)　夜校比較有壓力。
　　　(D)　學生比較有可能是友善的。
　　　* enforce〔ɪnˈfors〕v. 實施；施行　　***light up*** 吸菸
　　　　 stressful〔ˈstrɛsfəl〕adj. 壓力大的
　　　　 likely〔ˈlaɪklɪ〕adj. 可能會…的

Questions 80 through 82 *refer to the following message.*

　　各位女士、各位先生，機長已經關掉繫好安全帶的指示燈，您現在可以在機艙內移動。不過，我們總是建議當您坐著的時候，將安全帶繫好。手機、遙控玩具，或任何以天線操作的電子裝置都必須一直關閉。我們也提醒您，這是禁菸的航班。對設置在廁所內的煙霧偵測器動手腳、使它失效或破壞它是觸犯法律的。再一會兒，客艙組員將會開始飛行中的餐點服務，含酒精的飲料也可用名目上的費用買到。現在，向後坐，放輕鬆，並享受飛航。謝謝您。

　　* captain〔ˈkæptən〕n. 機長　　***turn off*** 關掉
　　　 fasten〔ˈfæsn̩〕v. 繫上　　***seat belt*** 安全帶
　　　 sign〔saɪn〕n. 標誌；信號　　cabin〔ˈkæbɪn〕n. 機艙
　　　 recommend〔ˌrɛkəˈmɛnd〕v. 建議　　keep〔kip〕v. 保持…的狀態
　　　 seated〔ˈsitɪd〕adj. 就座的；有座位的　　***cell phone*** 手機
　　　 remote-controlled〔ˌrɪmotkənˈtrold〕adj. 遙控的
　　　 electronic〔ɪˌlɛkˈtranɪk〕adj. 電子的　　device〔dɪˈvaɪs〕n. 裝置
　　　 operate〔ˈapəˌret〕v. 操作　　antenna〔ænˈtɛnə〕n. 天線
　　　 all times 一直；總是　　remind〔rɪˈmaɪnd〕v. 提醒
　　　 non-smoking〔ˌnɑnˈsmokɪŋ〕adj. 禁止吸菸的
　　　 flight〔flaɪt〕n. 航班；飛航　　***tamper with*** （爲搞破壞而）做手腳
　　　 disable〔dɪsˈebl̩〕v. 使（機器）暫停　　destroy〔dɪˈstrɔɪ〕v. 破壞
　　　 smoke〔smok〕n. 煙霧　　detector〔dɪˈtɛktɚ〕n. 偵測器
　　　 locate〔ˈloket〕v. 設置　　lavatory〔ˈlævəˌtorɪ〕n. 洗手間
　　　 prohibit〔proˈhɪbɪt〕v. 禁止　　***in a few moments*** 再一會兒
　　　 crew〔kru〕n.（全體）機員　　***cabin crew*** 客艙組員
　　　 in-flight〔ˈɪnˈflaɪt〕adj. 飛行中的　　meal〔mil〕n. 餐點
　　　 service〔ˈsɜvɪs〕n. 服務　　alcoholic〔ˌælkəˈhɔlɪk〕adj. 含酒精的
　　　 available〔əˈveləbl̩〕adj. 可買到的
　　　 nominal〔ˈnamənl̩〕adj. 名目上的　　charge〔tʃardʒ〕n. 費用

80. (**A**) 這是在哪裡發表的廣播通知？
    (A) 飛機上。   (B) 渡船上。
    (C) 郵輪上。   (D) 觀光巴士上。

    * announcement 〔ə'naʊnsmənt〕 *n.* 廣播通知
    make〔mek〕*v.* 發表   ferry〔'fɛrɪ〕*n.* 渡船
    cruise〔kruz〕*n.* 巡航；漫遊   ***cruise ship*** 郵輪
    tour〔tʊr〕*n.* 遊覽

81. (**D**) 以下何者在這個時間是允許的？
    (A) 吸菸。   (B) 使用手機。
    (C) 玩遙控玩具。   (D) 解開你的安全帶。

    * allow〔ə'laʊ〕*v.* 允許   unfasten〔ʌn'fæsn̩〕*v.* 解開；鬆開

82. (**A**) 乘客接下來最有可能做什麼？
    (A) 他們會用餐。   (B) 他們會檢查上方的行李夾層。
    (C) 他們會看電影。   (D) 他們會參閱安全示範說明。

    * check〔tʃɛk〕*v.* 檢查   overhead〔'ovɚ͵hɛd〕*adj.* 上面的
    compartment〔kəm'pɑrtmənt〕*n.* 隔間
    see〔si〕*v.* 參閱   safety〔'seftɪ〕*n.* 安全
    demonstration〔͵dɛmən'streʃən〕*n.* 示範說明

Questions 83 through 85 *refer to the following introduction.*

    知道某人值得擊掌、需要覺得好一些，或者需要片刻的平靜嗎？一個巧妙的花卉布置，不用言語，只靠顏色，就能傳遞任何情感。我們稱它為「花卉療法」。覺得浪漫嗎？淡粉是溫暖人心的顏色。展示給你所在乎的人一個最慈祥柔和的色彩，母親養育嬰兒般的溫馨布置。紅色的豐富色彩種類，創造出感覺美好的心情。用大膽、活潑顏色的異想天開花束獻上祝福。或是用迷霧藍和綠讓寧靜安置下來。如需花卉療法，連絡 ABC 花店，我們會幫助你挑選理想的心情。現在就用 123-1234 這個號碼打電話給 ABC 花店，是 123-1234 或上我們的網站 www.abcflorist.com。ABC 花店──表現藝術的專家。ABC 花店是美國花店協會的會員。

    * know〔no〕*v.* 知道   deserve〔dɪ'zɝv〕*v.* 值得
    high-five〔'haɪ'faɪv〕*n.* 舉手擊掌（表示歡呼、慶祝）
    need〔nid〕*v.* 需要   ***could use*** 需要
    moment〔'momənt〕*n.* 片刻；瞬間   calm〔kɑm〕*n.* 平靜

artful〔'artfəl〕*adj.* 巧妙的　　floral〔'florəl〕*adj.* 花的

arrangement〔ə'rendʒmənt〕*n.* 布置　　convey〔kən've〕*v.* 傳遞；傳達

words〔wɝdz〕*n. pl.* 言語　　call〔kɔl〕*v.* 稱…為

therapy〔'θɛrəpɪ〕*n.* 療法　　romantic〔ro'mæntɪk〕*adj.* 浪漫的

delicate〔'dɛləkət〕*adj.*（色調）淡的

heart-warming〔'hɑrt‚wɔrmɪŋ〕*adj.* 溫暖人心的

show〔ʃo〕*v.* 表現；表示　　care〔kɛr〕*v.* 在乎

nurturing〔'nɝtʃəɪŋ〕*adj.* 養育的；培育的　　soft〔sɔft〕*adj.* 慈祥的

pastel〔pæs'tɛl〕*n.* 淡而柔和的顏色　　lush〔lʌʃ〕*adj.* 豐富的

palette〔'pælɪt〕*n.* 色彩種類　　set〔sɛt〕*v.* 創造

sensuous〔'sɛnʃʊəs〕*adj.* 感覺美好的　　mood〔mud〕*n.* 心情；情緒

send〔sɛnd〕*v.* 送　　celebration〔‚sɛlə'breʃən〕*n.* 慶祝會

whimsical〔'hwɪmzɪkḷ〕*adj.* 異想天開的　　bouquet〔bo'ke〕*n.* 花束

bold〔bold〕*adj.* 大膽的　　playful〔'plefəl〕*adj.* 活潑的

settle〔'sɛtḷ〕*v.* 安置；安放　　tranquility〔træn'kwɪlətɪ〕*n.* 寧靜

misty〔'mɪstɪ〕*adj.* 霧的　　contact〔'kɑntækt〕*v.* 連絡

florist〔'florɪst〕*n.* 花商　　choose〔tʃuz〕*v.* 挑選

perfect〔'pɝfɪkt〕*adj.* 理想的　　sentiment〔'sɛntəmənt〕*n.* 感情

call〔kɔl〕*v.* 打電話給…　　today〔tə'de〕*adv.* 現在

visit〔'vɪzɪt〕*v.* 上（網）　　expert〔'ɛkspɝt〕*n.* 專家

expression〔ɪk'sprɛʃən〕*n.* 表現

member〔'mɛmbɚ〕*n.* 會員　　society〔sə'saɪətɪ〕*n.* 協會

83. (**B**) 什麼被登廣告？

  (A) 一個產品。   (B) 一項醫療服務。

  (C) 一間學校。   (D) 一個職位空缺。

  * advertise〔'ædvɚ‚taɪz〕*v.* 登…的廣告

   product〔'prɑdəkt〕*n.* 產品　　medical〔'mɛdɪkḷ〕*adj.* 醫療的

   job〔dʒɑb〕*n.* 職位　　opening〔'opənɪŋ〕*n.*（職位的）空缺

84. (**D**) 這廣告暗示什麼？

  (A) 聽眾需要擊掌。 (B) 人們容易受騙。

  (C) 花是便宜的。   (D) 香味可以是有療效的。

  * ad〔æd〕*n.* 廣告（= *advertisement*）

   suggest〔sə'dʒest〕*v.* 暗示　　listener〔'lɪsṇɚ〕*n.* 聽眾

   dupe〔djup〕*v.* 欺騙　　cheap〔tʃip〕*adj.* 便宜的

   aromas〔ə'roma〕*n.* 香味

   therapeutic〔‚θɛrə'pjutɪk〕*adj.* 有療效的

85. (**C**)　什麼顏色適合浪漫的心情？

　　　(A) 橘色。　　　　　　　　(B) 藍色。

　　　(C) <u>粉紅色。</u>　　　　　　(D) 綠色。

　　　* appropriate〔ə'proprɪɪt〕*adj.* 適合的

Questions 86 through 88 refer to the following announcement.

　　這是一個給前幾晚在我們酒吧有很不好經驗的女士們，和被此事負面影響的任何人的訊息。在我們的酒吧裡，那些女士發生的事是不能接受的，而這決不是我們如何做生意的寫照。我們一樣受到這些女士發生的事的驚嚇，而這位員工已經立即被開除。我們是家族經營的生意，也努力去讓我們的顧客感到受歡迎和受重視。我的家人很尷尬，為了不讓這類的事再度發生，我們正舉行正式的職員會議，重新訓練剩下的員工。我們一點也不想和這種行為有所關聯，而一個人的行為已經損害我們家族的基業，這是具毀滅性的。我的指望是改正這情勢，我們能對這員工採取即時的行動，對這些女士和任何被這情況影響的人給予我們最由衷的道歉。

　* message〔'mɛsɪdʒ〕*n.* 訊息　　experience〔ɪk'spɪrɪəns〕*n.* 經驗

　　bar〔bɑr〕*n.* 酒吧　　few〔fju〕*adj.* 幾個

　　negatively〔'nɛɡətɪvlɪ〕*adv.* 負面地　　affect〔ə'fɛkt〕*v.* 影響

　　unacceptable〔ˌʌnək'sɛptəbl〕*adj.* 不能接受的

　　in no way 決不；一點也不　　reflection〔rɪ'flɛkʃən〕*n.* 寫照；反映

　　run〔rʌn〕*v.* 經營　　business〔'bɪznɪs〕*n.* 生意

　　appall〔ə'pɔl〕*v.* 使…驚嚇　　employee〔ˌɛmplɔɪ'i〕*n.* 員工

　　terminate〔'tɜmə,net〕*v.* 解僱

　　family-fun〔'fæmlɪ'rʌn〕*adj.* 家族經營的

　　strive〔straɪv〕*v.* 努力做…　　customer〔'kʌstəmɚ〕*n.* 顧客

　　welcome〔'wɛlkəm〕*v.* 歡迎　　appreciate〔ə'priʃɪ,et〕*v.* 重視

　　embarrassed〔ɪm'bærəst〕*adj.* 尷尬的　　hold〔hold〕*v.* 舉行

　　full〔fʊl〕*adj.* 正式的　　staff〔stæf〕*n.* 職員

　　meeting〔'mitɪŋ〕*n.* 會議　　retrain〔ri'tren〕*v.* 再訓練

　　remaining〔rɪ'menɪŋ〕*adj.* 剩下的　　***so that*** 為了…

　　associate〔ə'soʃɪ,et〕*v.* 使…有關係　　type〔taɪp〕*n.* 類型；種類

　　behavior〔bɪ'hevjɚ〕*n.* 行為

　　devastating〔'dɛvəs,tetɪŋ〕*adj.* 具毀滅性的

　　reflect〔rɪ'flɛkt〕*v.* 損害 < *on* >

　　establishment〔ə'stæblɪʃmənt〕*n.* 基業；立業

hope〔hop〕*n.* 指望　　rectify〔'rɛktə,faɪ〕*v.* 改正
situation〔,sɪtʃu'eʃən〕*n.* 情勢；情況　　take〔tek〕*v.* 採取
immediate〔ɪ'midɪɪt〕*adj.* 即時的　　action〔'ækʃən〕*n.* 行動
extend〔ɪk'stɛnd〕*v.* 給予　　sincere〔sɪn'sɪr〕*adj.* 由衷的
apology〔ə'pɑlədʒɪ〕*n.* 道歉

86.(**A**) 這個訊息的目的為何？

(A) 為不好的情況道歉。　　(B) 申請退款。
(C) 說明最近的政策決定。　　(D) 宣傳銷售活動。

* purpose〔'pɝpəs〕*n.* 目的
apologize〔ə'pɑlə,dʒaɪz〕*v.* 道歉
request〔rɪ'kwɛst〕*v.* 申請　　refund〔'ri,fʌnd〕*n.* 退款
explain〔ɪk'splen〕*v.* 說明　　recent〔'risn̩t〕*adj.* 最近的
policy〔'pɑləsɪ〕*n.* 政策　　decision〔dɪ'sɪʒən〕*n.* 決定
promote〔prə'mot〕*v.* 宣傳　　sales〔selz〕*adj.* 銷售的
event〔ɪ'vɛnt〕*n.* 活動

87.(**A**) 誰是說話者？

(A) 一位酒吧業主。　　(B) 一位前任員工。
(C) 一位受侮辱的顧客。　　(D) 一位受尊重的家庭成員。

* owner〔'onɚ〕*n.* 業主　　insult〔ɪn'sʌlt〕*v.* 侮辱
valued〔'væljud〕*adj.* 受尊重的　　member〔'mɛmbɚ〕*n.* 成員

88.(**A**) 在訊息裡暗指什麼？

(A) 女士們被一位員工冒犯。
(B) 職員會議是沒有結果的。
(C) 價格正在上漲。　　(D) 很多人被不好地對待。

* imply〔ɪm'plaɪ〕*v.* 暗指　　offend〔ə'fɛnd〕*v.* 冒犯
unproductive〔,ʌnprə'dʌktɪv〕*adj.* 沒有結果的；沒有效果的
go up 上升　　treat〔trit〕*v.* 對待
poorly〔'pʊrlɪ〕*adv.* 不好地；拙劣地

Questions 89 through 91 refer to the following talk.

　　我必須承認，我常常感到沮喪，並且有意選擇不要有生產力。我已經拒絕數以百計的角色，甚至沒有聽取出演電影的邀約。但是，這看來是那些最勤奮工作的人，使自己最有弱點。他們是被那些掌握權力者欺騙或者出賣的一群人。這是個貪婪、操弄和詐欺的病態世界，而我們全都熟悉它。因此，

我們選擇不跟彼此合作。每個住在這城鎮的人，靠「裡面給我什麼」，這種給演藝圈下定義的想法過活。所以，很多時候，這只是個選擇，你知道的。我認爲「我不需要這個」。那聽起來是憤世嫉俗的，可是，你懂得，某一天我閱讀關於環球影業總經理，湯姆·席蒙斯的文章。這傢伙擁有一切；他有我們覺得我們都在追求的眾所皆知的名聲和財產。在那時，就像我一樣，他從有生命威脅的健康狀況中存活下來，這導致他進一步檢視自己和這個世界。我覺得當我們在低潮的時候，才眞正發現我們是由什麼組成的，和覺得自己是什麼的其他任何事物。在被診斷出癌症和忍受可怕的折磨之後，我內心裡突然領悟到某些事情。忽然間，錢和名氣變得沒有意義。所以，是啊，我有點不知所措，不過很多好的東西來自那件事。我由此事學到，只有當我們放棄物質財富的欲望，我們才能眞正過值得活的人生。

* admit〔 əd'mɪt 〕v. 承認　　get〔 gɛt 〕v. 成爲…的狀態
discouraged〔 dɪs'kɝɪdʒd 〕adj. 沮喪的
consciously〔'kɑnʃəslɪ〕adv. 有意識地　　choose〔 tʃuz 〕v. 選擇
productive〔 prə'dʌktɪv 〕adj. 有生產力的　　***turn down*** 拒絕
role〔 rol 〕n.（演員的）角色　　hearing〔'hɪrɪŋ〕n. 聽取
pitch〔 pɪtʃ 〕n. 出演電影的邀約　　seem〔 sim 〕v. 看來
hard〔 hɑrd 〕adj. 勤奮的　　vulnerable〔'vʌlnərəbḷ〕adj. 有弱點的
ones〔 wʌnz 〕pron. pl.（特定的）人；物　　cheat〔 tʃit 〕v. 欺騙

sell out 出賣；背叛　　hold〔 hold 〕v. 掌握
power〔'pauɚ〕n. 權力　　greed〔 grid 〕n. 貪婪
manipulation〔 mə,nɪpjə'leʃən〕n. 操弄　　deceit〔 dɪ'sit 〕n. 詐欺
know〔 no 〕v. 熟悉；知道；懂得　　therefore〔'ðɛr,for〕adv. 因此
cooperate〔 ko'ɑpə,ret 〕v. 合作　　mentality〔 mɛn'tælətɪ〕n. 想法
define〔 dɪ'faɪn 〕v. 給…下定義
entertainment〔,ɛntɚ'tenmənt〕n. 娛樂
industry〔'ɪndəstrɪ〕n. 產業　　choice〔 tʃɔɪs 〕n. 選擇
think〔 θɪŋk 〕v. 認爲　　need〔 nid 〕v. 需要

sound〔 saund 〕v. 聽起來　　cynical〔'sɪnɪkḷ〕adj. 憤世嫉俗的
article〔'ɑrtɪkḷ〕n. 文章　　head〔 hɛd 〕n. 總經理
universal〔,junə'vɝsḷ〕adj. 萬國的；全世界的
studios〔'stjudɪ,oz〕n. pl. 電影製片場；電影攝影棚
Universal Studios 環球影業【美國電影公司】
guy〔 gaɪ 〕n. 人；傢伙　　proverbial〔 prə'vɝbɪəl 〕adj. 眾所皆知的
fame〔 fem 〕n. 名聲；聲譽　　fortune〔'fɔrtʃən〕n. 財產

seek〔sik〕*v.* 追求　　like〔laɪk〕*prep.* 像…
survive〔sə'vaɪv〕*v.* 從…活下來
life-threatening〔'laɪfθrɛtənɪŋ〕*adj.* 威脅生命的；致命的
condition〔kən'dɪʃən〕*n.* 健康狀況　　lead〔lid〕*v.* 導致
examine〔ɪg'zæmɪn〕*v.* 檢視　　further〔'fɝðɚ〕*adv.* 進一步地
down〔daʊn〕*adj.* 低潮的；消沉的　　*find out* 發現
be made of 由…組成　　diagnose〔,daɪəg'nos〕*v.* 診斷
cancer〔'kænsɚ〕*n.* 癌症　　endure〔ɪn'djʊr〕*v.* 忍受
terrible〔'tɛrəbl̩〕*adj.* 可怕的　　ordeal〔ɔr'dil〕*n.* 折磨

snap〔snæp〕*v.* 使…發出啪的一聲【此指說話者的心境如啪的一聲轉變】
sudden〔'sʌdn̩〕*adj.* 突然的；出乎意料的
meaningless〔'minɪŋlɛs〕*adj.* 無意義的　　*freak out* 不知所措
come from 來自　　learn〔lɝn〕*v.* 學到；得知　　*give up* 放棄
desire〔dɪ'zaɪr〕*n.* 欲望　　material〔mə'tɪrɪəl〕*adj.* 物質的
wealth〔wɛlθ〕*n.* 財富　　truly〔'trulɪ〕*adv.* 真正地
live〔lɪv〕*v.* 過活　　life〔laɪf〕*n.* 人生
worth〔wɝθ〕*adj.* 值得…的　　living〔'lɪvɪŋ〕*n.* 生活；生存

89. (**D**) 誰是說話者？

    (A) 一位政客。   (B) 一位學者。

    (C) 一位運動員。   (D) 一位演員。

    * politician〔,palə'tɪʃən〕*n.* 政客　　scholar〔'skalɚ〕*n.* 學者
      athlete〔'æθlit〕*n.* 運動員　　actor〔'æktɚ〕*n.* (男) 演員

90. (**C**) 說話者承認什麼？

    (A) 吸毒。   (B) 欺騙人們。

    (C) 選擇不工作。   (D) 很難共事。

    * use〔juz〕*v.* 吸 (毒)　　drug〔drʌg〕*n.* 毒品

91. (**A**) 說話者發生什麼事了？

    (A) 他被診斷出癌症。

    (B) 他在一場飛機失事中失去家人。

    (C) 他獲得奧斯卡獎。

    (D) 他減少很多體重。

    * *plane crash* 飛機失事　　win〔wɪn〕*v.* 獲得
      Academy Award 奧斯卡獎

Questions 92 through 94 *are based on the following advertisement.*

我們一直談到水。我們說，餓了流口水、我們不想惹麻煩、血濃於水、水火不容。這也不是全都用說的——我們甚至是由水組成的。可是你真的知道自來水的事嗎？你知道它從哪來嗎？或者有什麼東西在水裡呢？有可能是你不知道。不過，現在你可以了。你的供水商將很快寄給你一份關於飲用水的新短篇報告。尋找這份報告。當你拿到的時候，閱讀它。因為這份報告真的言之有理。打電話給你的供水商，或環保署的安全飲水熱線（800-426-4791）來了解更多。

* ***talk about*** 談論　　***make*** *one's* ***mouth water*** 【諺】垂涎欲滴
get into hot water 【諺】惹麻煩
Blood is thicker than water. 【諺】血濃於水
mix〔mɪks〕*v.* 使…混合　　***oil and water*** 【諺】水火不容
be made of 由…組成　　tap〔tæp〕*n.* 水龍頭
come from 來自　　***chances are*** 有可能
supplier〔sə'plaɪɚ〕*n.* 供應商　　send〔sɛnd〕*v.* 寄
report〔rɪ'port〕*n.* 報告　　drinking〔'drɪŋkɪŋ〕*adj.* 飲用的
look for 尋找　　get〔gɛt〕*v.* 收到；得到
sth. ***holds water.*** 【諺】言之有理；站得住腳
learn〔lɝn〕*v.* 得知　　call〔kɔl〕*v.* 打電話
EPA 環保署（ = *Environmental Protection Agency*）
hotline〔'hɑt'laɪn〕*n.* 熱線電話

92. (**A**) 說話者主要在討論什麼？
　　　　(A) 安全的飲水。　　　　(B) 水資源保存。
　　　　(C) 被污染的河和湖。　(D) 關於水的滑稽成語。

　　　* conservation〔ˌkɑnsɚ'veʃən〕*n.* 保存；節約
　　　　polluted〔pə'lutɪd〕*adj.* 被污染的
　　　　funny〔'fʌnɪ〕*adj.* 滑稽的　　idiom〔'ɪdɪəm〕*n.* 成語

93. (**B**) 說話者力勸聽者做什麼？
　　　　(A) 喝多一點水。　　　　(B) 閱讀來自環保署的報告。
　　　　(C) 混合油和水。　　　　(D) 保存飲用水。

　　　* urge〔ɝdʒ〕*v.* 力勸　　conserve〔kən'sɝv〕*v.* 保存；節約

94. (**C**) 說話者認定聽眾什麼事？

(A) 他們不知道垃圾到哪裡去。
(B) 他們不知道如何資源回收。
(C) <u>他們不知道飲用水從哪裡來。</u>
(D) 他們不知道任何關於物理的事。

* assume〔ə'sjum〕*v.* 認定；假定
  garbage〔'gɑrbɪdʒ〕*n.* 垃圾　　recycle〔ri'saɪkḷ〕*v.* 資源回收
  physics〔'fɪzɪks〕*n.* 物理學

Questions 95 through 97 *refer to the following report.*

嗯，給那些今天在你們當中想出門的人，我不必告訴你們是晴天，但是整個州大部份都是悶熱的，高溫是 90 多度到 95 度左右。卡薩格藍德市今天最高溫是 97 度。天氣炎熱。我很高興今天能在室內上班！關於明天計畫戶外活動的人，你們可以期待星期六幾乎是好天氣，氣溫是 98、99 度。可是，星期六晚上情況可能就改變了，暴風雨鋒面將移動過來。我們能預期在州的北部有零星的陣雨，讓氣溫是稍微涼爽的 80 幾度，不過這個雨應該在星期天的早上逐漸減少。早上大多是部分多雲，不過這些雲應該在下午散去。星期天晚上的天空是晴朗的，適合那些想要一窺月偏蝕的人。時間應該是晚上 10 點 47 分。這就是今天的天氣。

* clear〔klɪr〕*adj.* 晴朗的　　muggy〔'mʌgɪ〕*adj.* 悶熱的
  state〔stet〕*n.* 州　　temperature〔'tɛmpərətʃɚ〕*n.* 溫度；氣溫
  low 90s 90 多度　　*mid 90s* 95 度
  Casa Grande〔'kæsə'grædɪ〕*n.* 卡薩格藍德【美國亞利桑那州的城市】
  degree〔dɪ'gri〕*n.* 度　　glad〔glæd〕*adj.* 高興的
  indoors〔'ɪn'dorz〕*adv.* 在室內　　plan〔plæn〕*v.* 計畫
  outdoor〔'aut,dor〕*adj.* 戶外的　　activity〔æk'tɪvətɪ〕*n.* 活動
  expect〔ɪk'spɛkt〕*v.* 預期；期待　　fair〔fɛr〕*adj.* 好天氣的
  high 90s 98、99 度　　storm〔storm〕*n.* 暴風雨
  front〔frʌnt〕*n.* 鋒面　　light〔laɪt〕*adj.* 輕微的
  scatter〔'skætɚ〕*v.* 散播　　showers〔'ʃauɚz〕*n. pl.* 陣雨
  northern〔'nɔrðən〕*adj.* 北部的　　bring〔brɪŋ〕*v.* 導致；造成
  slightly〔'slaɪtlɪ〕*adv.* 輕微地；稍微　　cool〔kul〕*adj.* 涼爽的
  in the eighties 80 幾度　　taper〔'tepɚ〕*v.* 逐漸減少
  partly〔'pɑrtlɪ〕*adv.* 部分地　　cloudy〔'klaudɪ〕*adj.* 多雲的

catch〔kætʃ〕v. 補捉　　glimpse〔glɪmps〕n. 瞥見；看一眼
partial〔'pɑrʃəl〕adj. 不完全的　　lunar〔'lunɚ〕adj. 月亮的
eclipse〔ɪ'klɪps〕n.（日、月的）虧蝕
weather〔'wɛðɚ〕n. 天氣；氣象

95. (**A**) 這個報導最有可能發生在什麼時候？

    (A) 一大清早。　　　　　(B) 正好在中午前。
    (C) 中午。　　　　　　　(D) 黃昏。

    * report〔rɪ'port〕n. 報導　　***take place*** 發生
    right〔raɪt〕adv. 正好

96. (**B**) 星期六可能發生什麼？

    (A) 卡薩格藍德的破紀錄溫度。
    (B) 下雨。　　　　　(C) 強風。
    (D) 這個記者會待在室內。

    * record〔'rɛkɚd〕adj. 破紀錄的　　severe〔sə'vɪr〕adj. 劇烈的
    reporter〔rɪ'portɚ〕n. 記者　　stay〔ste〕v. 留；待

97. (**A**) 星期天應該會發生什麼事？

    (A) 月偏蝕。　　　　　(B) 雷雨。
    (C) 節日遊行。　　　　(D) 流星雨。

    * ***be supposed to*** 應該
    thunderstorm〔'θʌndɚˏstɔrm〕n. 雷雨
    parade〔pə'red〕n. 遊行　　meteor〔'mitɪɚ〕n. 流星

Questions 98 through 100 refer to the following talk.

    當提到裝備的時候，跑步者是出了名地挑剔。他們有自己喜愛的鞋子品牌和樣式，有排汗和透氣恰恰好的夾克，和幸運競賽運動衫。這格外難讓你爲生活中的跑步者購物。幸虧，市面上有很多頂尖的新產品，會是在這節日季裡，給任何不知怎麼選購的人的完美禮物——這裡有一些我的最愛…

    * runner〔'rʌnɚ〕n. 跑步者
    notoriously〔no'torɪəslɪ〕adv. 出了名地
    picky〔'pɪkɪ〕adj. 愛挑剔的　　***when it comes to*** 提到；談到

gear〔gɪr〕*n.* 裝備；用品　　brand〔brænd〕*n.* 品牌

model〔'madḷ〕*n.* 款式　　wick〔wɪk〕*v.* 排汗

breathe〔brið〕*v.* 透氣　　right〔raɪt〕*adj.* 恰當的

race〔res〕*n.* 競賽　　singlet〔'sɪŋglɪt〕*n.* 運動衫

especially〔ə'spɛʃəlɪ〕*adv.* 格外地　　shop〔ʃap〕*v.* 購物

fortunately〔'fɔrtʃənɪtlɪ〕*adv.* 幸虧

plenty〔'plɛntɪ〕*pron.* 很多的…〈*of*〉

top-notch〔'tap'natʃ〕*adj.* 頂尖的；優秀的

product〔'pradəkt〕*n.* 產品　　market〔'markɪt〕*n.* 市面

harrier〔'hærɪɚ〕*n.* 困擾者　　***a few*** 一些；幾個

favorite〔'fevrɪt〕*n.* 喜愛的事或物

98.(**D**) 這段談話最有可能發生在什麼時候？

　　　(A) 中國新年之後的一個月。

　　　(B) 酷夏。　　　　　　　(C) 萬聖節前夕。

　　　(D) 聖誕節前幾週。

　　　* dead〔dɛd〕*n.* 最劇烈的程度

　　　　Halloween〔ˌhælo'in〕*n.* 萬聖節前夕

　　　　Christmas〔'krɪsməs〕*n.* 聖誕節

99.(**B**) 為什麼很難為跑步者購買？

　　　(A) 他們太快。　　　　　(B) 他們很挑剔。

　　　(C) 他們要找到正確的尺碼很困難。

　　　(D) 他們不會告訴你喜歡什麼。

　　　* ***have trouble*** *V-ing* 做…有困難　　right〔raɪt〕*adj.* 正確的

　　　　size〔saɪz〕*n.* 尺碼

100.(**C**) 說話者接下來會說什麼？

　　　(A) 增進運動成果的方法。　(B) 娛樂自己的有趣方式。

　　　(C) 禮物建議。　　　　　(D) 購買特價品。

　　　* way〔we〕*n.* 方法；方式　　improve〔ɪm'pruv〕*v.* 增進

　　　　performance〔pɚ'fɔrməns〕*n.* 成果

　　　　amuse〔ə'mjuz〕*v.* 娛樂

　　　　suggestion〔sə'dʒɛstʃən〕*n.* 建議

　　　　bargain〔'bargɪn〕*n.* 特價品

PART 5 詳解

101. (**C**) 一個名爲拉美電視的新開辦西班牙語頻道完全致力於旅遊。

依文法，選(C) *launched*。

launch〔lɔntʃ〕*v.* 開設；開辦

* newly〔'njulɪ〕*adv.* 新近；最近
Spanish〔'spænɪʃ〕*adj.* 西班牙的
language〔'læŋgwɪdʒ〕*n.* 語言　　channel〔'tʃænḷ〕*n.* 頻道
call〔kɔl〕*v.* 命名；取名　　Latino〔lɑ'tino〕*n.* 拉丁美洲人
TV〔'ti'vi〕*n.* 電視 (= *television*)
wholly〔'holɪ〕*adv.* 完全地　　dedicate〔'dɛdə,ket〕*v.* 致力於…
traveling〔'trævlɪŋ〕*n.* 旅遊

102. (**B**) 我們很高興宣布，熱切期盼的女神卡卡演唱會的門票，
現在在我們的網站上可以買到。

(A) eager〔'igɚ〕*adj.* 渴望的
(B) *eagerly*〔faɪt〕*adv.* 渴望地
(C) more eager 更渴望
(D) eagerness〔'igɚnɪs〕*n.* 渴望

* pleased〔plizd〕*adj.* 高興的
announce〔ə'nauns〕*v.* 宣布；宣告　　ticket〔'tɪkɪt〕*n.* 票
anticipate〔æn'tɪsə,pet〕*v.* 預期；期盼
Lady Gaga 女神卡卡【美國歌手】
concert〔'kɑnsɝt〕*n.* 演唱會
available〔ə'veləbḷ〕*adj.* 可買到的
website〔'wɛb,saɪt〕*n.* 網站

103. (**A**) 洛杉磯市議會已經表決，提高買酒的最低年齡從 18 歲至 21 歲。

(A) *minimum*〔'mɪnəməm〕*adj.* 最低限度的
(B) maximum〔'mæksəməm〕*adj.* 最大的；極限的
(C) maxim〔'mæksɪm〕*n.* 格言
(D) miniature〔'mɪnɪtʃɚ〕*adj.* 小型的

* Los Angeles〔lɔs'ændʒlɔs〕*n.* 洛杉磯【美國西岸的城市】
city〔'sɪtɪ〕*n.* 城市　　council〔'kaunsḷ〕*n.* 議會
vote〔vot〕*v.* 投票表決　　raise〔rez〕*v.* 提高
age〔edʒ〕*n.* 年齡　　buy〔baɪ〕*v.* 買
alcohol〔'ælkə,hɔl〕*n.* 酒

104. (**B**) 在老人身上，規律運動有著和心血管健康和壽命的重要而有益的
關聯，這看似不管飲食或營養攝取都會發生。

　　依文法，***association with*** 表示「和…有關」，故選 (B)。

　　* regular〔ˋrɛgjələ〕*adj.* 有規律的　　exercise〔ˋɛksə͵saɪz〕*n.* 運動
　　important〔ɪmˋpɔrtn̩t〕*adj.* 重要的
　　beneficial〔͵bɛnəˋfɪʃəl〕*adj.* 有益的
　　association〔ə͵sosɪˋeʃən〕*n.* 關聯
　　cardiovascular〔͵kɑrdɪoˋvæskjələ〕*adj.* 心和血管的
　　health〔hɛlθ〕*n.* 健康　　longevity〔lɑnˋdʒɛvətɪ〕*n.* 壽命
　　adult〔əˋdʌlt〕*n.* 成年人　　seem〔sim〕*v.* 看似；看來
　　occur〔əˋkɝ〕*v.* 發生　　***regardless of*** 不管…
　　diet〔ˋdaɪət〕*n.* 飲食　　nutritional〔njuˋtrɪʃən̩l〕*adj.* 營養的
　　intake〔ˋɪntek〕*n.* 攝取

105. (**D**) 所有的員工被賦予公正和平等的機會，能評爲晉升到管理職位。

　　(A) analysis〔əˋnæləsɪs〕*n.* 分析
　　(B) resignation〔͵rɛzɪgˋneʃən〕*n.* 辭職
　　(C) transplantation〔͵trænsplænˋteʃən〕*n.* 移植
　　(D) ***advancement***〔ədˋvænsmənt〕*n.* 晉升

　　* employee〔͵ɛmplɔɪˋi〕*n.* 員工
　　entitle〔ɪnˋtaɪtl̩〕*v.* 給與…的權利
　　fair〔fɛr〕*adj.* 公正的；公平的
　　equal〔ˋikwəl〕*adj.* 平等的；對等的
　　opportunity〔͵ɑpəˋtjunətɪ〕*n.* 機會
　　consider〔kənˋsɪdə〕*v.* 認爲；視爲
　　management〔ˋmænɪdʒmənt〕*n.* 管理
　　position〔pəˋzɪʃən〕*n.* 職位

106. (**C**) 茱麗亞是被寵壞的小孩。她從不爲任何事承擔責難。

　　依文法，***take the blame for sth.*** 表「爲某事承擔責備」，故選 (C)。
　　blame〔blem〕*v.* 責難；責備
　　* spoil〔spɔɪl〕*v.* 寵壞；溺愛

107. (**C**) 最近的禽流感影響超過 71 個國家，有超過 1 千 2 百萬的受害者從
受污染的家禽感染病毒。

　　依文法，選 (C)。catch〔kætʃ〕*v.* 感染
　　* recent〔ˋrisn̩t〕*adj.* 最近的　　flu〔flu〕*n.* 感冒
　　pandemic〔pænˋdɛmɪk〕*n.*（全國性、世界性的）流行病
　　affect〔əˋfɛkt〕*v.* 影響　　victim〔ˋvɪktɪm〕*n.* 受害者

virus〔ˈvaɪrəs〕*n.* 病毒　　contaminate〔kənˈtæməˌnet〕*v.* 污染
poultry〔ˈpoltrɪ〕*n.* 家禽

108.(**D**)　他的失敗歸因於各種理由。

(A) mutual〔ˈmjutʃʊəl〕*adj.* 共同的
(B) amount〔əˈmaʊnt〕*n.* 數量；額
(C) great deal　大量的
(D) ***variety***〔vəˈraɪətɪ〕*n.* 各種；種種
* due〔dju〕*adj.* 歸因於⋯的　　reason〔ˈrizn̩〕*n.* 理由；緣故

109.(**A**)　經濟學家說都市建設計畫的擴展也是勞動市場中的推動改良。

(A) ***expansion***〔ɪkˈspænʃən〕*n.* 擴張
(B) expend〔ɪkˈspɛnd〕*v.* 消耗
(C) expand〔ɪkˈspænd〕*v.* 展開
(D) expanding〔ɪkˈspændɪŋ〕*adj.* 擴展中的
* economist〔ɪˈkɑnəmɪst〕*n.* 經濟學家
municipal〔mjuˈnɪsəpl̩〕*adj.* 都市的
construction〔kənˈstrʌkʃən〕*n.* 建設
project〔ˈprɑdʒɛkt〕*n.* 計畫　　driving〔ˈdraɪvɪŋ〕*adj.* 推進的
improvement〔ɪmˈpruvmənt〕*n.* 改良；改善

110.(**C**)　如果罷工沒有發生，生產會在二月前完成。

依文法，假設語氣若與過去事實相反，if 條件句須用過去完成
式，故選 (C)。occur〔əˈkɝ〕*v.* 發生
* strike〔straɪk〕*n.* 罷工　　production〔prəˈdʌkʃən〕*n.* 生產
complete〔kəmˈplit〕*v.* 完成　　by〔baɪ〕*prep.* 不晚於⋯
February〔ˈfɛbjuˌɛrɪ〕*n.* 二月

111.(**B**)　公司也使用客製化的軟體來編譯內部資料格式，並且過濾它想要
收集作為資訊的最終資料。

custom-built 表「客製化的」，故選 (B)。
custom〔ˈkʌstəm〕*n.* 顧客　　build〔bɪld〕*v.* 建造
* company〔ˈkʌmpənɪ〕*n.* 公司
use〔juz〕*v.* 使用　　software〔ˈsɔftˌwɛr〕*n.* 軟體
compile〔kəmˈpaɪl〕*v.* 編譯（程式）
internal〔ɪnˈtɝnl̩〕*adj.* 內部的　　data〔ˈdetə〕*n. pl.* 資料
format〔ˈfɔrmæt〕*n.* 格式　　filter〔ˈfɪltɚ〕*v.* 過濾
result〔rɪˈzʌlt〕*v.* 結果　　information〔ˌɪnfɚˈmeʃən〕*n.* 資訊
want〔wɑnt〕*v.* 想要　　collect〔kəˈlɛkt〕*v.* 收集

112. (**B**) 我們<u>收到</u>你日期是一月四日的信而非常興奮。

    (A) take〔tek〕v. 拿；取

    (B) *receive*〔rɪ'siv〕v. 收到

    (C) accept〔ək'sɛpt〕v. 接受

    (D) cancel〔'kænsḷ〕v. 取消

    * thrill〔θrɪl〕v. 爲…而感到興奮　　letter〔'lɛtɚ〕n. 信函

    dated〔'detɪd〕adj. 有日期的　　January〔'dʒænjuˌɛrɪ〕n. 一月

113. (**A**) 依照你的要求，<u>附寄的</u>是我們最新目錄，連同你會從中找到我們
最有利的付款條件的修訂價目表。

    enclosed 表「附寄的」，故選 (A)。

    enclose〔ɪn'kloz〕v. 附寄

    * accordance〔ə'kɔrdṇs〕n. 一致

    in accordance with 依照…　　request〔rɪ'kwɛst〕n. 要求

    latest〔'letɪst〕adj. 最新的；最近的　　catalog〔'kætḷˌɔg〕n. 目錄

    together with 連同…　　revise〔rɪ'vaɪz〕v. 修訂；修正

    price〔praɪs〕n. 價格　　list〔lɪst〕n. 表

    find〔faɪnd〕v. 找到；找出　　favorable〔'fevrəbḷ〕adj. 有利的

    payment〔'pemənt〕n. 支付　　terms〔tɜms〕n. 條件

114. (**A**) 零售商設立來接受線上和<u>本人</u>的訂單。

    in person 表「親自；本身」，故選 (A)。

    * retailer〔'ritelɚ〕n. 零售商　　*set up* 設立　　take〔tek〕v. 接受

    order〔'ɔrdɚ〕n. 訂單　　online〔'ɑnˌlaɪn〕adv. 線上地

115. (**C**) 傑克森女士已經向<u>銀行</u>申請貸款。

    (A) debtor〔'dɛtɚ〕n. 債務人

    (B) frail〔frel〕adj. 脆弱的

    (C) *bank*〔bæŋk〕n. 銀行

    (D) remainder〔rɪ'mendɚ〕n. 剩餘；其餘

    * apply〔ə'plaɪ〕v. 申請　　loan〔lon〕n. 貸款

116. (**D**) 罵髒話對於這個情況而言不是<u>適當的</u>回應。

    (A) live〔lɪv〕v. 居住

    (B) casual〔'kæʒuəl〕adj. 偶然的

    (C) suggestive〔səg'dʒɛstɪv〕adj. 暗示性的

    (D) *appropriate*〔ə'proprɪˌet〕adj. 適當的

* shout〔ʃaʊt〕*v.* 大聲喊叫
       profanity〔prə`fænətɪ〕*n.* 不敬的言語
       response〔rɪ`spɑns〕*n.* 回應
       situation〔͵sɪtʃʊ`eʃən〕*n.* 情況；事態

117. (**C**) 這些內部對講系統有幾個故障<u>而且舊時</u>。
       (A) dejected〔dɪ`dʒɛktɪd〕*adj.* 沮喪的；氣餒的
       (B) employed〔ɪm`plɔɪd〕*adj.* 就業的
       (C) ***outdated***〔͵aʊt`detɪd〕*adj.* 舊式的；過時的
       (D) talented〔`tæləntɪd〕*adj.* 有天賦的
       * several〔`sɛvərəl〕*pron.* 幾個
       intercom〔`ɪntə͵kɑm〕*n.* 對講機；內部通話裝置
       system〔`sɪstəm〕*n.* 系統
       out of〔`aʊtəv〕*prep.* 脫離⋯的狀態
       order〔`ɔrdɚ〕*n.* 常態   ***out of order*** 故障

118. (**B**) 她無法決定要將她的書賣掉還是<u>留著它們</u>當作參考。
       依文法，or 是對等連接詞，故選 (B)。
       keep〔kip〕*v.* 保留
       * decide〔dɪ`saɪd〕*v.* 決定
       whether〔`hwɛðɚ〕*conj.* 是⋯抑或⋯
       sell〔sɛl〕*v.* 賣；出售   reference〔`rɛfrəns〕*n.* 參考

119. (**C**) 她<u>不但</u>親切<u>而且</u>大方。
       依文法，***not only⋯but also***⋯表「不但⋯而且⋯」，故選 (C)。
       * kind〔kaɪnd〕*adj.* 親切的   generous〔`dʒɛnərəs〕*adj.* 大方的

120. (**D**) 排隊、認識新的人，以及<u>分享</u>玩家代號的經驗很有趣。你開始和
       各式各樣的人互相影響。
       依文法，and 是對等連接詞，故選 (D)。
       * experience〔ɪk`spɪrɪəns〕*n.* 經驗   stand〔stænd〕*v.* 站立
       in line 成一直線   ***stand in line*** 排隊
       meet〔mit〕*v.* 認識；初次會見   new〔nju〕*adj.* 新的
       gamer〔`gemɚ〕*n.* 遊戲玩家   tag〔tæg〕*n.* 標籤
       gamer tag 玩家代號   fun〔fʌn〕*adj.* 有趣的
       get to 開始   interact〔͵ɪntɚ`ækt〕*v.* 互相影響
       kind〔kaɪnd〕*n.* 種類   ***all kinds of*** 各式各樣

121. (**A**) 泰瑞說他不會介意<u>等我們</u>。

依文法，mind + V-ing 表「不介意…」，故選 (A)。

* mind〔maɪnd〕v. 介意

122. (**B**) 伴隨著給人好心情的天氣、令人屏息的景色，以及發展良好的旅遊業，加州 1350 英哩的陽光海岸是商業和加州驕傲的重要來源。

(A) furnish〔'fɝnɪʃ〕v. 供給

(B) ***develop***〔dɪ'vɛləp〕v. 發展

(C) beloved〔bɪ'lʌvd〕adj. 鍾愛的

(D) adjust〔ə'dʒʌst〕v. 調節

* pleasant〔'plɛznt〕adj. 令人心情愉快的
weather〔'wɛðə〕n. 天氣　　breath〔brɛθ〕n. 呼吸
breath-taking 令人屏息的　　view〔vju〕n. 風景
tourist〔'turɪst〕adj. 旅遊的；觀光的
industry〔'ɪndəstrɪ〕n. …業
California〔,kælə'fɔrnjə〕n. 加州【美國西南岸的一州】
mile〔maɪl〕n. 英哩　　sunny〔'sʌnɪ〕adj. 陽光充足的
shoreline〔'ʃorlaɪn〕n. 海岸線
significant〔sɪg'nɪfəkənt〕adj. 重要的；重大的
source〔sors〕n. 來源　　commerce〔'kɑmɚs〕n. 商業
state〔stet〕n. (美國的) 州　　pride〔praɪd〕n. 驕傲

123. (**B**) 這首歌使我想起一個我<u>聽過</u>的故事。

依文法，***remind sb. of sth.*** 表「提醒某人某事」，故選(B)。

* song〔sɔŋ〕n. 歌曲　　remind〔rɪ'maɪnd〕v. 想起；提醒
story〔'storɪ〕n. 故事　　hear〔hɪr〕v. 聽到

124. (**D**) 自 1967 年起受聯邦法律<u>保護</u>，佛羅里達州西海岸國王灣的海牛族群，已經從 1960 年代的 30 隻增加到現在超過 600 隻。

依文法，分詞構句的被動語態，故選(D)。

* federal〔'fɛdərəl〕adj. 聯邦的　　law〔lɔ〕n. 法律
manatee〔,mænə'ti〕n. 海牛
population〔,pɑpjə'leʃən〕n. 族群；群體
king〔kɪŋ〕n. 國王　　bay〔be〕n. 灣
Florida〔'flɔrədə〕n. 佛羅里達州【美國東南岸的一州】
coast〔kost〕n. 海岸　　rise〔raɪz〕v. 增加
today〔tə'de〕adv. 現今；現在

125. (**C**) 如果你必須使用總印表機，務必先<u>輸入</u>你的四位數個人識別碼。

    (A) dial〔ˋdaɪəl〕v. 撥（電話）號碼

    (B) put〔pʊt〕v. 放置

    (C) ***enter***〔ˋɛntɚ〕v. 輸入

    (D) press〔prɛs〕v. 按；壓

    * use〔juz〕v. 使用   main〔men〕adj. 主要的

    printer〔ˋprɪntɚ〕n. 印表機   sure〔ʃʊr〕adj. 必定的

    digit〔ˋdɪdʒɪt〕n. 數字

    PIN 個人識別號（= *Personal Identification Number*）

    code〔kod〕n. 密碼   first〔fɜst〕adv. 首先

126. (**A**) 書的自然貯藏處，比起<u>數位前</u>的過去的任何時候印得還要多的現代，是圖書館。

    (A) ***digital***〔ˋdɪdʒt̩l〕adj. 數位的

    (B) eminently〔ˋɛmənəntlɪ〕adv. 顯著地

    (C) package〔ˋpækɪdʒ〕v. 包裝

    (D) stress〔strɛs〕n. 壓力

    * natural〔ˋnætʃrəl〕adj. 自然的

    repository〔rɪˋpazə͵torɪ〕n. 貯藏室

    print〔prɪnt〕v. 印刷   time〔taɪm〕n. 時候

    past〔pæst〕n. 過去   library〔ˋlaɪ͵brɛrɪ〕n. 圖書館

127. (**D**) 學生被允許在校園內開車，<u>但是</u>停車僅有許可證才被准許。

    (A) and〔ɛnd〕conj. 和

    (B) however〔hauˋɛvɚ〕adv. 然而

    (C) because〔bɪˋkɔz〕conj. 因為

    (D) ***but***〔bət〕conj. 但是

    * permit〔pɚˋmɪt〕v. 允許 〔ˋpɜmɪt〕n. 許可證

    motor〔ˋmotɚ〕adj. 汽車的   vehicle〔ˋviɪkl̩〕n. 交通工具

    campus〔ˋkæmpəs〕n. 校園   ***on campus*** 在校內

    parking〔ˋparkɪŋ〕n. 停車   allow〔əˋlau〕v. 准許

128. (**B**) <u>每天都會公布贏得樂透的號碼。</u>

    依文法，選(B)。

    * win〔wɪn〕v. 贏得   lottery〔ˋlatərɪ〕n. 獎券

    number〔ˋnʌmbɚ〕n. 號碼

    promotional〔prəˋmoʃən̩l〕adj. 促銷的

    campaign〔kæmˋpen〕n. 活動

129. (**C**) 那個數學問題對兒童來說太複雜。

依文法，過去分詞當形容詞用，故選(C)。

complicated〔ˋkɑmpləˏketɪd〕*adj.* 複雜的

* math〔mæθ〕*n.* 數學（= *mathematics* ）
　problem〔ˋprɑbləm〕*n.* 問題

130. (**B**) 一位令人印象深刻的公開演說者知道何時微笑，何時使用手勢，以及如何維持適當的站姿，這些全都要花好幾年的練習。

依文法，關係代名詞 which 指上述的事情，故選 (B)。

* effective〔əˋfɛktɪv〕*adj.* 令人印象深刻的
　public〔ˋpʌblɪk〕*adj.* 公開的　　speaker〔ˋspikɚ〕*n.* 演說者
　know〔no〕*v.* 知道　　smile〔smaɪl〕*v.* 微笑
　gesture〔ˋdʒɛstʃɚ〕*n.* 手勢　　maintain〔menˋten〕*v.* 維持
　proper〔ˋprɑpɚ〕*adj.* 適當的　　position〔pəˋzɪʃən〕*n.* 姿勢
　practice〔ˋpræktɪs〕*n.* 練習

131. (**A**) 請讓萊斯利在會議開始前到我的辦公室順道拜訪。

依文法，***stop by*** 表「順道拜訪」，故選(A)。

* office〔ˋɔfɪs〕*n.* 辦公室　　meeting〔ˋmitɪŋ〕*n.* 會議
　start〔stɑrt〕*v.* 開始

132. (**D**) 在研討會的時候，幾位顧問會提供他們對如何著手那個十分重要的工作面試的忠告。

(A) advise〔ədˋvaɪz〕*v.* 忠告
(B) advisor〔ədˋvaɪzɚ〕*n.* 勸告者
(C) advisability〔ədˏvaɪzəˋbɪlətɪ〕*n.* 可勸性
(D) ***advice***〔ədˋvaɪs〕*n.* 忠告

* seminar〔ˋsɛməˏnɑr〕*n.* 研討會
　several〔ˋsɛvərəl〕*adj.* 幾個的
　consultant〔kənˋsʌltn̩t〕*n.* 顧問
　offer〔ˋɔfɚ〕*n.* 提供　　approach〔əˋprotʃ〕*v.* 著手
　job〔dʒɑb〕*n.* 工作　　interview〔ˋɪntɚˏvju〕*n.* 面談

133. (**C**) 這位將軍對抗敵人打了許多勝仗。

依文法，***against*** 表「對抗」，故選 (C)。

* general〔ˋdʒɛnərəl〕*n.* 將軍　　win〔wɪn〕*v.* 打贏
　battle〔ˋbætl̩〕*n.* 戰役　　enemy〔ˋɛnəmɪ〕*n.* 敵人

134. (**C**) <u>儘管</u>再生能源的發展，化石燃料還是被用來產生地球上絕大多數的能量消耗。

    (A) however〔hauˊɛvɚ〕*adv.* 然而

    (B) although〔ɔlˊðo〕*conj.* 雖然

    (C) ***despite***〔dɪˊspaɪt〕*prep.* 儘管

    (D) even if 即使

    * development〔dɪˊvɛləpmənt〕*n.* 發展
    renewable〔rɪˊnjuəbl̩〕*adj.* 可更新的
    energy〔ˊɛnɚdʒɪ〕*n.* 能量   source〔sors〕*n.* 來源
    fossil〔ˊfɑsl̩〕*n.* 化石   fuel〔ˊfjuəl〕*n.* 燃料
    generate〔ˊdʒɛnə,ret〕*v.* 產生
    vast〔væst〕*adj.* 巨大的
    majority〔məˊdʒɔrətɪ〕*n.* 大多數
    power〔ˊpauɚ〕*n.* 能量
    consume〔kənˊsum〕*v.* 消耗
    planet〔ˊplænɪt〕*n.* 行星【此指地球】

135. (**B**) 彼得森先生<u>已經</u>學會寄電子郵件以及在社交媒體上和朋友聊天。

    (A) yet〔jɛt〕*adv.* 尚；還

    (B) ***already***〔ɔlˊrɛdɪ〕*adv.* 已經；早已

    (C) no〔no〕*adj.* 沒有

    (D) ever〔ˊɛvɚ〕*adv.* 曾經；從來

    * learn〔lɝn〕*v.* 學會；學得   send〔sɛnd〕*v.* 寄
    email〔ˊimel〕*n.* 電子郵件   chat〔tʃæt〕*v.* 聊天；閒聊
    social〔ˊsoʃəl〕*adj.* 社交的   media〔ˊmidɪə〕*n. pl.* 媒體

136. (**A**) 史蒂夫已經<u>授權</u>一位律師當他不在的時候代行事務。

    (A) ***authorize***〔ˊɔθə,raɪz〕*v.* 授權

    (B) authorization〔,ɔθərəˊzeʃən〕*n.* 授權

    (C) authority〔əˊθɔrətɪ〕*n.* 權威

    (D) author〔ˊɔθɚ〕*n.* 作者；作家

    * lawyer〔ˊlɔjɚ〕*n.* 律師
    act〔ækt〕*v.* 代理   behalf〔bɪˊhæf〕*n.* 代表
    on behalf of 代表…；作…的代表
    away〔əˊwe〕*adv.* 不在；外出

137. (**D**) 關於<u>和</u>健康風險<u>有關</u>的空氣污染的關心正在增加。
　　　(A) take from　接受
　　　(B) count up　合計
　　　(C) result in　導致
　　　(D) ***associate with***　和…有關
　　　* concern〔kən'sɜn〕*n.* 關心
　　　grow〔gro〕*v.* 增加　　health〔hɛlθ〕*n.* 健康
　　　risk〔rɪsk〕*n.* 風險　　pollution〔pə'luʃən〕*n.* 污染

138. (**A**) 所有的員工被要求<u>離開</u>空房間的時候關燈來節約電力。
　　　依文法，動名詞當作主詞，故選 (A)。
　　　exit〔'ɛksɪt〕*v.* 離去
　　　* employee〔,ɛmplɔɪ'i〕*n.* 員工　　ask〔æsk〕*v.* 要求
　　　turn off 關掉　　vacant〔'vekənt〕*adj.* 空的
　　　conserve〔kən'sɜv〕*v.* 節約
　　　electricity〔ɪ,lɛk'trɪsətɪ〕*n.* 電力

139. (**D**) <u>人道主義</u>實踐家致力於提高對開發中國家的貧窮的察覺。
　　　(A) human〔'hjumən〕*n.* 人類
　　　(B) humanity〔hju'mænətɪ〕*n.* 人性
　　　(C) humid〔'hjumɪd〕*adj.* 潮濕的
　　　(D) humanitarian〔hju,mænə'tɛrɪən〕*adj.* 人道主義的
　　　* activist〔'æktɪvɪst〕*n.* 實踐者
　　　committed〔kə'mɪtɪd〕*adj.* 致力於…的
　　　raise〔rez〕*v.* 提高　　awareness〔ə'wɛrnɪs〕*n.* 察覺
　　　poverty〔'pavətɪ〕*n.* 貧窮　　under〔'ʌndɚ〕*prep.* 在…之中
　　　development〔dɪ'vɛləpmənt〕*n.* 發展
　　　nation〔'neʃən〕*n.* 國家

140. (**B**) 他們站在墓碑旁邊並且脫帽默哀。
　　　(A) saloon〔sə'lun〕*n.* 酒館
　　　(B) ***salute***〔sə'lut〕*n.* 敬禮
　　　(C) salvation〔sæl'veʃən〕*n.* 救濟
　　　(D) sodium〔'sodɪəm〕*n.* 鈉
　　　* ***stand by*** 站在旁邊　　gravestone〔'grev,ston〕*n.* 墓碑
　　　remove〔rɪ'muv〕*n.* 脫掉 (鞋、帽)
　　　silent〔'saɪlənt〕*adj.* 沈默的

PART 6 詳解

根據以下文章，回答第 141 至 143 題。

　　在加拿大，一部已經在網路上如病毒般蔓延開的金鷹攫取兒童影片，是一個精心策劃的騙局，<u>目的在</u>試驗短片製作群的本領。
141

snatch〔snætʃ〕*v.* 攫取　　Canada〔'kænədə〕*n.* 加拿大
viral〔'vaɪrəl〕*adj.* 如病毒般蔓延開的
online〔'ɑnlaɪn〕*adj.* 在線上的
elaborate〔ɪ'læbərɪt〕*adj.* 精心策劃的
hoax〔hoks〕*n.* 騙局　　test〔tɛst〕*v.* 試驗
skill〔skɪl〕*n.* 本領　　clip〔klɪp〕*n.* 短片
maker〔'mekɚ〕*n.* 製作者

141. (**C**)　(A) charge〔tʃɑrdʒ〕*v.* 控告
　　　　　 (B) according〔ə'kɔrdɪŋ〕*prep.* 根據
　　　　　 (C) ***aim***〔em〕*v.* 目的在…
　　　　　 (D) write〔raɪt〕*v.* 書寫

　　影片顯示，這隻在蒙特婁公園裡的鳥，在毫髮無傷丟下兒童前，就簡單地就將他抓起來。三天內，<u>將近</u> 1 千 7 百萬人在 YouTube 網站上觀看過這影片。
142

show〔ʃo〕*v.* 顯示　　briefly〔'briflɪ〕*adv.* 簡單地
lift〔lɪft〕*v.* 舉起
Montreal〔ˌmɑntrɪ'ɔl〕*n.* 蒙特婁【位在加拿大東南部的城市】
drop〔drɑp〕*v.* 落下　　unharmed〔ʌn'hɑrmd〕*adj.* 毫髮無傷的
million〔'mɪljən〕*n.* 百萬

142. (**B**)　(A) closely〔'kloslɪ〕*adv.* 緊緊地
　　　　　 (B) ***nearly***〔'nɪrlɪ〕*adv.* 將近；差不多
　　　　　 (C) instead〔ɪn'stɛd〕*adv.* 代替
　　　　　 (D) because〔bɪ'kɔz〕*conj.* 因爲

　　然而，一間在蒙特婁的數位訓練中心後來告訴英國廣播公司，短片是<u>中心的</u>學生做的，是學位課程的一部分。中心的管理者蘇珊・高曼說，短片是四位「有種讓某事可信的點子」的學生製作。

digital〔'dɪdʒɪtl̩〕*adj.* 數位的

training〔'trenɪŋ〕*n.* 訓練　　later〔'letɚ〕*adv.* 後來

BBC 英國廣播公司【(= *British Broadcasting Corporation*) 成立於西元 1922 年，是獨立運作的公共媒體】

British〔'brɪtɪʃ〕*adj.* 英國的

broadcasting〔'brɔd,kæstɪŋ〕*n.* 廣播

corporation〔,kɔrpə'reʃən〕*n.* 公司

degree〔dɪ'gri〕*n.* 學位　　course〔kors〕*n.* 課程

director〔də'rɛktɚ〕*n.* 管理者

produce〔prə'djus〕*v.* 製作

believable〔bə'livəbl̩〕*adj.* 可信的

143. (**D**)　依句意，選(D) ***its*** 「它的」。而(A) it's 「它是」，(B) they 「它們」，(C) it is 「它是」

　　這些學生正在攻讀 3D 動畫和數位設計，在一堂腦力激盪講習之後，提出這個想法並且在七週內完成這個計畫。

do〔du〕*v.* 攻讀　　　***3D*** 三次元【(= *Three Dimensions*) 三度空間、立體】

dimension〔də'mɛnʃən〕*n.* 次元

animation〔,ænə'meʃən〕*n.* 動畫

design〔dɪ'zaɪn〕*n.* 設計　　　***compe up with*** 提出

brainstorming〔'bren,stɔrmɪŋ〕*n.* 腦力激盪

session〔'sɛʃən〕*n.* 講習　　complete〔kəm'plit〕*v.* 完成

project〔'pradʒɛkt〕*n.* 計畫

根據下面的文章，回答第 144 至 146 題。

　　有別於其他許多的線上零售商，Zappos.com 在它的網站貼上免付費的客服電話<u>號碼</u>，一天 24 小時，一週 7 天都有職員接聽。

144

unlike〔ʌn'laɪk〕*prep.* 與⋯不同

online〔'ɑn,laɪn〕*adj.* 線上的

retailer〔'ritelɚ〕*n.* 零售商　　***Zappos.com*** 美國購物網站

plaster〔'plæstɚ〕*v.* 塗抹　　toll-free〔,tol'fri〕*adj.* 免付費的

customer〔'kʌstəmɚ〕*n.* 顧客　　service〔'sɝvɪs〕*n.* 服務

staff〔stæf〕*v.* 給⋯提供職員

144. (**C**)　(A) date〔det〕*n.* 日期

　　　　　 (B) name〔nem〕*n.* 名字

　　　　　 (C) ***number***〔'nʌmbɚ〕*n.* 電話號碼

　　　　　 (D) time〔taɪm〕*n.* 時間

　　　兩週前，當一位中西部的大學生要買一雙 Uggs 牌的靴子，打電話到網站在內華達州的總部時，這項交易變成關於這城市的聊天馬拉松，而這學生<u>正在</u>考慮搬家。
　　　　　　　　 145

Midwestern〔'mɪd'wɛstɚn〕*adj.* 美國中西部的

college〔'kɑlɪdʒ〕*n.* 學院；大學　　call〔kɔl〕*v.* 打電話給⋯

Nevada〔nə'vædə〕*n.* 內華達州【位在美國西部的州】

headquarters〔'hɛd'kwɔrtɚz〕*n. pl.* 總部

Uggs 澳洲靴子品牌　　boots〔buts〕*n. pl.* 靴子

transaction〔træns'ækʃən〕*n.* 交易；買賣　　***turn into*** 變成

chat〔tʃæt〕*n.* 聊天　　marathon〔'mærə,θɑn〕*n.* 馬拉松

consider〔kən'sɪdɚ〕*v.* 考慮　　move〔muv〕*v.* 搬家

145. (**A**)　依文法，was 是過去式，選(A)。

　　　這個業務代表能夠在通話期間休息一下；顧客同意<u>不掛電話</u>。
　　　　　　　　 146

rep〔rɛp〕*n.* 業務代表 (= *representative*)

representative〔,rɛprɪ'zɛntətɪv〕*n.* 代表；代理

be able to 能夠　　***take breaks*** 休息

during〔'djurɪŋ〕*prep.* 在⋯期間

call〔kɔl〕*n.* 通話；電話　　customer〔'kʌstəmɚ〕*n.* 顧客

agree〔ə'gri〕*v.* 同意

146. (**B**)　(A) make the grade　達成目標

　　　　　(B) ***hold the line***　不掛電話

　　　　　(C) take the leap　跨出第一步

　　　　　(D) talk the talk　說到做到

　　Zappos 的發言人傑夫‧路易斯說，提供良好的客服是第一要務。「我們覺得，只要顧客有需要，我們允許團隊成員和顧客保持通話的能力，這是履行這個價值的重要方法，」他藉由電子郵件說。

spokesman〔'spoksmən〕*n.* 發言人　　provide〔prə'vaɪd〕*v.* 提供

priority〔praɪ'ɔrətɪ〕*n.* 優先的事物　　allow〔ə'lau〕*v.* 允許

member〔'mɛmbɚ〕*n.* (團體的)一員　　ability〔ə'bɪlətɪ〕*n.* 能力

stay〔ste〕*v.* 保持　　***as long as***　只要

need〔nid〕*v.* 需要　　crucial〔'kruʃəl〕*adj.* 極為重要的

means〔minz〕*n. pl.* 方法　　fulfill〔ful'fɪl〕*v.* 履行

value〔'vælju〕*n.* 價值　　via〔'vaɪə〕*prep.* 藉由

根據下面的文章，回答第 147 至 149 題。

　　如果你<u>對</u>購買家庭劇院組合的任何類型感興趣，在網路上和印刷品上都檢查你正考慮的產品樣式資訊。　　147

type〔taɪp〕*n.* 類型；樣式

component〔kəm'ponənt〕*n.* 組合

check〔tʃɛk〕*v.* 檢查　　information〔,ɪnfɚ'meʃən〕*n.* 資訊

Internet〔'ɪntɚ,nɛt〕*n.* 網路　　print〔prɪnt〕*n.* 印刷品

product〔'prɑdəkt〕*n.* 產品　　consider〔kən'sɪdɚ〕*v.* 考慮

147. (**B**)　(A) touch〔tʌtʃ〕*v.* 感動

　　　　　(B) ***interest***〔'ɪntrɪst〕*v.* 對…有興趣

　　　　　(C) wait〔wet〕*v.* 等待

　　　　　(D) react〔rɪ'ækt〕*v.* 反應

　　在網路上，這類的網站能提供資料，像是製造商網站的連結，比較產品的評論，線上價格指南，和更多能幫助你<u>減少</u>選擇的方法。

Web〔wɛb〕*n.* 網路　　site〔saɪt〕*n.* 網站
offer〔'ɔfɚ〕*v.* 提供　　resource〔rɪ'sors〕*n.* 資源
link〔lɪŋk〕*n.* 連結　　manufacturer〔,mænjə'fæktʃərɚ〕*n.* 製造商
comparative〔kəm'pærətɪv〕*adj.* 比較的　　review〔rɪ'vju〕*n.* 評論
online〔'ɑn'laɪn〕*adj.* 線上的　　price〔praɪs〕*n.* 價格
guide〔gaɪd〕*n.* 指南　　choice〔tʃɔɪs〕*n.* 選擇

148. (**A**)　(A) ***narrow***〔'næro〕*v.* 使…變窄 ***narrow down*** 減少
　　　　　(B) step〔stɛp〕*v.* 踏步
　　　　　(C) take up 開始從事
　　　　　(D) laugh off 一笑置之

　　即使你不是一位「技術人員」，也很容易在購物<u>前</u>收集一些基本知
識。　　　　　　　　　　　　　　　　149

techie〔'tɛkɪ〕*n.*（尤指電腦方面的）技術人員
gather〔'gæðɚ〕*v.* 收集　　basic〔'besɪk〕*adj.* 基本的
knowledge〔'nɑlɪdʒ〕*n.* 知識

149. (**B**)　(A) after〔'æftɚ〕*conj.* 在…之後
　　　　　(B) ***before***〔bɪ'for〕*conj.* 在…之前
　　　　　(C) prior〔'praɪɚ〕*adj.* 在前的
　　　　　(D) later〔'letɚ〕*adj.* 更後的

　　絕對不要告訴推銷員，你對設法要購買的項目一無所知，尤其是如
果他或她是業績制。

salesman〔'selzmən〕*n.* 推銷員　　item〔'aɪtəm〕*n.* 項目
try〔traɪ〕*v.* 設法　　purchase〔'pɝtʃəs〕*v.* 購買
especially〔ə'spɛʃəlɪ〕*adv.* 尤其　　commission〔kə'mɪʃən〕*n.* 佣金
on commission 業績制；按業績領薪水

根據下面的文章，回答第 150 至 152 題。

　　當外國人開關於中國人吃奇怪食物的笑話，我奉承。當輪到中國
新年的時候，我是那個<u>開</u>玩笑的人。
　　　　　　　150

foreigner〔'fɔrɪnɚ〕*n.* 外國人　　joke〔dʒok〕*n.* 玩笑
weird〔wɪrd〕*adj.* 奇怪的　　cringe〔krɪndʒ〕*v.* 奉承
come around 輪到

150. (**A**)　(A) ***make***〔mek〕*v.* 開（玩笑）
　　　　　(B) laugh〔læf〕*v.* 笑
　　　　　(C) eat〔it〕*v.* 吃
　　　　　(D) smile〔smaɪl〕*v.* 微笑

　　每年這個時候，我們的確有一些很有節慶氣氛的菜餚。然而，許多中國新年的食物在意思上很<u>吉利</u>，但是在味道上很糟糕。
151

incredibly〔ɪn'krɛdəblɪ〕*adv.* 非常；極為
festive〔'fɛstɪv〕*adj.* 節日氣氛的　　dish〔dɪʃ〕*n.* 菜餚
meaning〔'minɪŋ〕*n.* 意思　　atrocious〔ə'troʃəs〕*adj.* 糟糕的
taste〔test〕*n.* 味道

151. (**B**)　(A) suspicious〔sə'spɪʃəs〕*adj.* 多疑的
　　　　　(B) ***auspicious***〔ɔ'spɪʃəs〕*adj.* 吉祥的
　　　　　(C) advantageous〔͵ædvən'tedʒəs〕*adj.* 有利的
　　　　　(D) outrageous〔aut'redʒəs〕*adj.* 殘暴的

　　然後有那些讓你覺得好像食物的味道、咬起來的感覺，和營養內容全都<u>變得</u>毫不相干的奇特菜餚—我們只是因為迷信而吃。
152

odd〔ad〕*adj.* 奇特的　　texture〔'tɛkstʃɚ〕*n.* （食物）咬起來的感覺
nutritional〔nju'trɪʃənḷ〕*adj.* 營養的　　content〔'kantɛnt〕*n.* 內容
irrelevant〔ɪ'rɛləvənt〕*adj.* 無關的
superstition〔͵supɚ'stɪʃən〕*n.* 迷信

152. (**D**)　(A) bespeak〔bɪ'spik〕*v.* 預訂
　　　　　(B) begin〔bɪ'gɪn〕*v.* 開始
　　　　　(C) beside〔bɪ'saɪd〕*prep.* 在…旁邊
　　　　　(D) become〔bɪ'kʌm〕*v.* 變得

PART 7 詳解

根據以下公告，回答第 153 至 154 題。

公告：

職業健康和安全法案，由工作條例 2013 的噪音管制替換工作條例 2009 中噪音項目

雇主必須提供聽力保護，而聽力保護區域的程度現在是 85 分貝（暴露於每日或每週的平均分貝），雇主必須評估對工人健康的風險和提供他們消息以及訓練的程度，現在是 80 分貝。也有 87 分貝的暴露極限值，不能將工人暴露其中，此數值已將聽力保護提供的減少暴露納入考量。

工作條例 2013 的噪音管制全文，能在職業安全和危險局的外部網站，http://osha.gov.ed 上查看。

**notice〔'notɪs〕*n.* 公告
OHSA 職業健康和安全法案（= *Occupational Health and Safety Act*）
occupational〔ˌɑkjə'peʃənḷ〕*adj.* 職業的　　health〔hɛlθ〕*n.* 健康
safety〔'seftɪ〕*n.* 安全　　act〔ækt〕*n.* 法案
control〔kən'trol〕*n.* 管制　　noise〔nɔɪz〕*n.* 噪音
regulation〔ˌrɛgjə'leʃən〕*n.* 條例　　replace〔rɪ'ples〕*v.* 替換
level〔'lɛvḷ〕*n.* 程度　　employer〔ɪm'plɔɪɚ〕*n.* 雇主
provide〔prə'vaɪd〕*v.* 提供　　hearing〔'hɪrɪŋ〕*n.* 聽力
protection〔prə'tɛkʃən〕*n.* 保護　　zone〔zon〕*n.* 區域

decibel〔'dɛsəˌbɛl〕*n.* 分貝　　daily〔'delɪ〕*adv.* 每日
weekly〔'wiklɪ〕*adv.* 每週　　average〔'ævərɪdʒ〕*adj.* 平均的
exposure〔ɪk'spoʒɚ〕*n.* 暴露（在危險之下）　　assess〔ə'sɛs〕*v.* 評估
risk〔rɪsk〕*n.* 風險　　information〔ˌɪnfɚ'meʃən〕*n.* 消息
training〔'trenɪŋ〕*n.* 訓練　　limit〔'lɪmɪt〕*n.* 極限
value〔'vælju〕*n.* 數值　　***take* sth. *into account*** 考慮某事
reduction〔rɪ'dʌkʃən〕*n.* 縮小　　expose〔ɪk'spoz〕*v.* 使…暴露在
full〔fʊl〕*adj.* 滿的　　text〔tɛkst〕*n.* 原文　　read〔rid〕*v.* 查看
hazard〔'hæzɚd〕*n.* 危險　　administration〔ədˌmɪnə'streʃən〕*n.* 局
external〔ɪk'stɜnḷ〕*adj.* 外部的

153. (**A**) 這個公告主要是關於什麼？
　　　　　(A) 工作場所的聲音程度。　　　(B) 工廠裡的安全危險。
　　　　　(C) 辦公室大樓的空氣品質。　　(D) 爲行動不便的工人停車。

　　　* workplace ('wɜk‚ples) n. 工作場所
　　　　factory ('fæktrɪ) n. 工廠　　quality ('kwɑlətɪ) n. 品質
　　　　office ('ɔfɪs) n. 辦公室　　building ('bɪldɪŋ) n. 建築物
　　　　parking ('pɑrkɪŋ) n. 停車
　　　　disabled (dɪs'ebl̩d) adj. 行動不便的

154. (**A**) 這個公告需要雇主做什麼？
　　　　　(A) 爲一定程度以上的噪音提供聽力保護。
　　　　　(B) 程度落在 80 分貝以下的地區提供聽力保護區域。
　　　　　(C) 在噪音是問題的特定地區提供暴露程度。
　　　　　(D) 提供健康評估給暴露在噪音之下的所有員工。

　　　* require (rɪ'kwaɪr) v. 需要　　above (ə'bʌv) prep. 以上
　　　　certain ('sɜtn̩) adj. 特定的　　fall (fɔl) v. 落下
　　　　below (bə'lo) prep. 以下　　assessment (ə'sɛsmənt) n. 評估
　　　　employee (‚ɛmplɔɪ'i) n. 員工

根據以下時間表，回答第 155 至 157 題。

	星期一	星期二	星期三	星期四	星期五
布萊恩的學習時間表					
數學		X	X	X	
科學	X		X	X	
英文	X	X	X	X	X
歷史	X		X		

　　**schedule ('skɛdʒul) n. 時間表

155. (**C**) 布萊恩每天學習哪個科目？
　　　　　(A) 歷史。　　　　　　　　(B) 數學。
　　　　　(C) 英文。　　　　　　　　(D) 科學。

　　　* subject ('sʌbdʒɪkt) n. 科目　　weekday ('wik‚de) n. 平日

156. (**D**) 哪一天布萊恩學習最多科目？

        (A) 星期一。   (B) 星期四。

        (C) 星期二。   (D) <u>星期三。</u>

157. (**A**) 布萊恩最少學習哪個科目？

        (A) <u>歷史。</u>   (B) 科學。

        (C) 英文。   (D) 數學。

        * least〔list〕*adj.* 最少的

根據以下資訊，回答第 158 至 159 題。

給梅姬・班森的航班行程表

訂位代碼：KA8JV   訂位日期：2013年4月4日星期一

狀態：已確認   旅客細節：**梅姬・班森（成人）**

航班細節

航線 倫敦到巴黎

班次 聯合航空32911班機

    出發   **2013年4月5日星期二，晚上11點25分**

              倫敦希斯羅國際機場，第一航廈

    抵達   **2013年4月6日星期三，午夜12點35分**

              巴黎夏爾・戴高樂國際機場，第三航廈

付款細節

基本票價：736英鎊   附加燃油費：56.6英鎊   機場服務費：30英鎊

網路手續費—手動費用：120英鎊   選位費：8英鎊 **總金額：950.6英鎊**

機票規定 1.更改航班必須在出發時間前，超過二十四小時用以下選項完成：(1) 重新訂航班要接受手續費和罰款。

  ** flight〔flaɪt〕*n.* 航班；班機   itinerary〔aɪˈtɪnəˌrɛrɪ〕*n.* 行程表

    booking〔ˈbʊkɪŋ〕*n.* 訂位   reference〔ˈrɛfrəns〕*n.* 參考

    status〔ˈstetəs〕*n.* 狀態   confirmed〔kənˈfɜmd〕*adj.* 被確認的

    guest〔gɛst〕*n.* 客人   detail〔ˈditel〕*n.* 細節

    adult〔əˈdʌlt〕*n.* 成人   route〔rut〕*n.* 航線

    London〔ˈlʌndən〕*n.* 倫敦【英國首都】

    Paris〔ˈpærɪs〕*n.* 巴黎【法國首都】

UA 聯合航空 (= *United Airlines*)　　departure〔dɪˈpɑrtʃɚ〕*n.* 出發
Heathrow〔ˈhiθro〕*n.* 希斯羅【位在倫敦西郊】
international〔ˌɪntɚˈnæʃənḷ〕*adj.* 國際的
airport〔ˈɛrˌport〕*n.* 機場　　terminal〔ˈtɝmənḷ〕*n.* 航廈
arrival〔əˈraɪvḷ〕*n.* 抵達
Charles Degaulle〔ˈʃɑrldəˈgɔl〕*n.* 夏爾·戴高樂【法國政治家、軍事家】
payment〔ˈpemənt〕*n.* 付款　　base〔bes〕*n.* 基礎
fare〔fɛr〕*n.* 機票費　　fuel〔ˈfjuəl〕*n.* 燃料
surcharge〔ˈsɝˌtʃɑrdʒ〕*n.* 附加費　　service〔ˈsɝvɪs〕*n.* 服務
charge〔tʃɑrdʒ〕*n.* 費用　　web〔wɛb〕*n.* 網路
admin〔ˈædmɪn〕*n.* 管理 (= *administration*)　　fee〔fi〕*n.* 手續費
manual〔ˈmænjuəl〕*adj.* 手動的　　selection〔səˈlɛkʃən〕*n.* 選擇
total〔ˈtotḷ〕*adj.* 總計的　　amount〔əˈmaunt〕*n.* (金) 額
rule〔rul〕*n.* 規定　　option〔ˈɑpʃən〕*n.* 選項
rebook〔rɪˈbuk〕*v.* 重新預訂　　subject〔səbˈdʒɛkt〕*v.* 隸屬；服從
penalty〔ˈpɛnḷtɪ〕*n.* 罰款

158. (**A**) 什麼時候完成的訂位？
　　　(A) 4 月 4 日。　　　　　(B) 4 月 5 日。
　　　(C) 4 月 6 日。　　　　　(D) 8 月 4 日。

159. (**B**) 梅姬·班森什麼時候到達巴黎？
　　　(A) 4 月 4 日。　　　　　(B) 4 月 6 日。
　　　(C) 4 月 5 日。　　　　　(D) 8 月 4 日。

根據以下文章，回答第 160 至 162 題。

當告訴某人我的生日時，我就會預期一個特定的回應：同情的
皺眉，肩膀上的輕拍，一些支持你的輕鬆話語。那是因為我出
生在 12 月 24 日，而且每個人都知道——或是認為他們知道——
在當天或接近聖誕節過生日，必定是討厭的事。這個看法，強
烈表達在本週的一集 ABC 電視台喜劇「快樂結局」裡，在劇中，
我們得知珍的真實生日是在聖誕節。珍（伊麗莎·庫普飾）已
經假裝她的生日在 7 月 16 日好幾十年——她甚至帶著有那個夏
天日期的假身分證——因為「當你的生日是在聖誕節，你會完全
被人遺忘。」我在這告訴你，這個主張是荒唐可笑的。有聖誕
節的生日真是讚。

** come〔kʌm〕v.（想法）產生　　expect〔ɪkˈspɛkt〕v. 預期
certain〔ˈsɝtn̩〕adj. 特定的　　response〔rɪˈspɑns〕n. 回應
sympathetic〔ˌsɪmpəˈθɛtɪk〕adj. 同情的
frown〔fraʊn〕n. 皺眉　　pat〔pæt〕n. 輕拍
shoulder〔ˈʃoldə〕n. 肩膀
lighthearted〔ˈlaɪtˈhɑrtɪd〕adj. 輕鬆的　　words〔wɝdz〕n. pl. 話語
support〔səˈport〕n. 支持　　born〔bɔrn〕adj. 出生的
know〔no〕v. 知道　　think〔θɪŋk〕v. 認爲
bummer〔ˈbʌmə〕n. 討厭的事　　view〔vju〕n. 看法
articulate〔ɑrˈtɪkjəˌlet〕v. 表達
emphatically〔ɪmˈfætɪkl̩ɪ〕adv. 強調地
episode〔ˈɛpəˌsod〕n.（影集的）一集
ABC 美國廣播公司（= *American Broadcasting Company*）
comedy〔ˈkɑmədɪ〕n. 喜劇　　ending〔ˈɛndɪŋ〕n. 結局
learn〔lɝn〕v. 得知　　pretend〔prɪˈtɛnd〕v. 假裝
decade〔ˈdɛked〕n. 十年　　carry〔ˈkærɪ〕v. 帶著
fake〔fek〕adj. 假的　　*ID* 身分證（= *identification*）
bear〔bɛr〕v. 帶有　　completely〔kəmˈplitlɪ〕adv. 完全地
claim〔klem〕n. 主張　　ludicrous〔ˈludɪkrəs〕adj. 荒唐可笑的
awesome〔ˈɔsəm〕adj. 很棒的

160.（**A**）這個文章在哪裡被找到？

   （A）雜誌。　　　　　　　　（B）娛樂網站。
   （C）報紙的商業專欄。　　　（D）機場的電子告示板。

   * entertainment〔ˌɛntəˈtenmənt〕n. 娛樂
    website〔ˈwɛbˌsaɪt〕n. 網站　　section〔ˈsɛkʃən〕n. 專欄
    electronic〔ɪˌlɛkˈtrɑnɪk〕adj. 電子的
    billboard〔ˈbɪlˌbord〕n. 告示板
    airport〔ˈɛrˌport〕n. 機場

161.（**D**）關於作者，我們知道什麼？

   （A）她是一位女士。

   （B）他是一位男士。

   （C）他們在 7 月 16 日出生。

   （D）他或她在聖誕節前夕出生。

162. (**B**) 作者試圖改正什麼誤解？

    (A) 電視表演只爲了娛樂目的。

    (B) <u>在當天或接近聖誕節出生是不好的待遇。</u>

    (C) 女士從不對她們的生日撒謊。

    (D) 聖誕節期間的生日總是比較好。

    * misconception 〔͵mɪskən'sɛpʃən〕 *n.* 誤解

    attempt 〔ə'tɛmpt〕 *v.* 試圖   correct 〔kə'rɛkt〕 *v.* 改正

    purpose 〔'pɝpəs〕 *n.* 目的   deal 〔dil〕 *n.* 待遇

    lie 〔laɪ〕 *v.* 撒謊

根據以下廣告，回答第 163 至 165 題。

劍橋大學 ESOL 線上學習課程

這個課程由各種習題組成，提供包含在 CESOL 考試內，不同問題的練習。有 7 個單元。單元 1 至 4 發展聽和讀的技巧，單元 5 是完整的聽力測驗。單位 6 是完整的閱讀測驗。單元 7 包括口說和寫作測驗的範例回答和評論。

爲什麼選擇這個課程？

它會幫助你…

- 發展全部四個語言技巧
- 練習在考試過程中會被測驗的語言領域
- 瞭解考試方式，發展有效策略來駕馭它
- 改善你的答題準確性和增強關鍵字以及片語
- 在考試前提高你的自信

主要特色

- 包含超過 100 種資源，配合 CESOL 考試的聽、讀、說、寫項目
- 提供寫作測驗的範例回答和評論
- 目的在改善學生的表現和他們的語言能力

** Cambridge〔'kembrɪdʒ〕*n.* 劍橋大學（= *Cambridge University*）

ESOL ESOL 測驗【（= *English for Speakers of Other Languages*）
給母語非英語者做的英語能力測驗】

online〔'ɑn,laɪn〕*adj.* 線上的　　program〔'progræm〕*n.* 課程
course〔kors〕*n.* 課程　　consist〔kən'sɪst〕*v.* 組成
variety〔və'raɪətɪ〕*n.* 各種　　exercise〔'ɛksə,saɪz〕*n.* 習題
provide〔prə'vaɪd〕*v.* 提供　　practice〔'præktɪs〕*n.* 練習
include〔ɪn'klud〕*v.* 包括　　*CESOL* 劍橋 ESOL 測驗
unit〔'junɪt〕*n.* 單元　　develop〔dɪ'vɛləp〕*v.* 發展
complete〔kəm'plit〕*adj.* 完整的
sample〔'sæmpḷ〕*adj.* 範例的
comment〔'kɑmɛnt〕*n.* 評論　　choose〔tʃuz〕*v.* 選擇

area〔'ɛrɪə〕*n.* 領域　　during〔'djʊrɪŋ〕*prep.* 在…期間
format〔'fɔrmæt〕*n.* 方式　　effective〔ə'fɛktɪv〕*adj.* 有效的
strategy〔'strætədʒɪ〕*n.* 策略　　navigate〔'nævə,get〕*v.* 操縱
improve〔ɪm'pruv〕*v.* 改善　　accuracy〔'ækjərəsɪ〕*n.* 準確性
reinforce〔,riɪn'fors〕*v.* 增強　　key〔ki〕*adj.* 主要的；關鍵的
boost〔bust〕*v.* 提高　　confidence〔'kɑnfədəns〕*n.* 自信
feature〔'fitʃə〕*n.* 特色　　resource〔rɪ'sors〕*n.* 資源
match〔mætʃ〕*v.* 配合　　offer〔'ɔfə〕*v.* 提供
design〔dɪ'zaɪn〕*v.* 打算（做）
performance〔pə'fɔrməns〕*n.* 表現
competence〔'kɑmpətəns〕*n.* 能力

163.（**C**）誰可能對這個資訊感興趣？

　　(A) 求職者。　　　　　　(B) 老師。
　　(C) 學生。　　　　　　(D) 測驗管理者。

　　* seeker〔'sikə〕*n.* 尋找者
　　　administrator〔əd'mɪnə,stretə〕*n.* 管理者

164.（**B**）以下何者是參加課程的好理由？

　　(A) 它會幫助你背無限的單字表。
　　(B) 它會提供你逐步的指示，在 CESOL 考試獲得更好的分數。
　　(C) 它會讓你精通英語。
　　(D) 它會提供你人生中所有考試的答案。

* reason〔'rizn〕 *n.* 理由　　memorize〔'mɛmə,raɪz〕 *v.* 記憶
  endless〔'ɛndlɪs〕 *adj.* 無限的
  vocabulary〔və'kæbjə,lɛrɪ〕 *n.* 字彙
  provide〔prə'vaɪd〕 *v.* 提供　　***step by step*** 逐步
  instruction〔ɪn'strʌkʃən〕 *n.* 指示　　score〔skor〕 *n.* 分數
  fluent〔'fluənt〕 *adj.* 精通的

165. (**D**) 以下何者是課程的主要特色？
  (A) 它提供和大鼻子外國人的廉價語言交換。
  (B) 它承諾在下週四之前讓你的口說沒有口音。
  (C) 它說明制度化測驗背後的推理。
  (D) 它提供寫作測驗的範例回答和評論。

* low-cost〔'lo'kɑst〕 *adj.* 廉價的
  exchange〔ɪks'tʃendʒ〕 *n.* 交換
  foreigner〔'fɔrɪnɚ〕 *n.* 外國人
  promise〔'prɑmɪs〕 *v.* 承諾　　accent〔'æksɛnt〕 *n.* 口音
  explain〔ɪk'splen〕 *v.* 說明　　reasoning〔'riznɪŋ〕 *n.* 推理
  institutionalize〔,ɪnstə'tuʃənḷ,aɪz〕 *v.* 制度化

根據以下通知，回答第 166 至 168 題。

意圖進入公寓的 48 小時通知

住戶姓名：蘿妲・富蘭克林　　　　　　日期：**12/02/13**
資產：貝爾街 345 號　　　　　　　　公寓號碼：**18A**

親愛的住戶：

　　為了適當服務你，偶爾進入你的公寓是必要的，來執行特定的預防保養程序（例如更換暖通空調過濾器），陪同和監督特定承包商（例如害蟲防治）。我們試著竭盡所能來配合你的行程，仍有時必須在你不在家的時候，進入你的公寓，以確保我們預防保養計畫和契約化服務的連續性。

　　你的租約給予我們權利，在通知你的情況下，以維護的目的在正常上班時間進入你的公寓，進行修繕和執行例行檢查。你的租約也規定，在緊急的情況下，我們不用事先通知就能進入你的公寓。

這封信當作我們對你的通知，我們將在 **12/05/2013**，早上 **9** 點到下午 **5** 點的某個時間進入你的公寓，執行以下服務：

☐ 害蟲防治　　　☐ 暖通空調過濾器更換　　　　☐ 暖通空調線圈清理

X ☐ 其他：煙霧偵測器保養

　　請確定管理室有從你搬進來後，可能已安裝的任何公寓前門鎖鑰匙。你的租約明確陳述，沒有管理室事先的書面許可，你不能更換門鎖，並且，你必須提供管理室任何新安裝的門鎖鑰匙。如果我們因爲有未經授權的門鎖，而不能進入你的公寓，我們將被迫對你展開遷出處置。

　　有任何問題請打電話給我，非常感謝你。

由衷地，
資產經理芮妮・貝茲
副本：住戶檔案

** notice〔'notɪs〕*n.* 通知　　intent〔ɪn'tɛnt〕*n.* 意圖
enter〔'ɛntɚ〕*v.* 進入　　apartment〔ə'partmənt〕*n.* 公寓
resident〔'rɛzədənt〕*n.* 住戶　　property〔'prɑpɚtɪ〕*n.* 資產
in order to 爲了　　serve〔sɝv〕*v.* 服務
properly〔'prɑpɚlɪ〕*adv.* 適當地
necessary〔'nɛsəˌsɛrɪ〕*adj.* 必要的　　***from time to time*** 有時
perform〔pɚ'fɔrm〕*v.* 執行　　certain〔'sɝtn̩〕*adj.* 特定的
preventive〔prɪ'vɛntɪv〕*adj.* 預防的
maintenance〔'mentənəns〕*n.* 保養

procedure〔prə'sidʒɚ〕*n.* 程序
HVAC 暖通空調（= *Heating, Ventilation and Air-Conditioning*）
heating〔'hitɪŋ〕*n.* 暖氣　　ventilation〔ˌvɛntl̩'eʃən〕*n.* 通風
air-conditioning〔'ɛrkənˌdɪʃənɪŋ〕*n.* 空調
accompany〔ə'kʌmpənɪ〕*v.* 陪伴　　supervise〔'supɚˌvaɪz〕*v.* 監督
contractor〔'kɑntræktɚ〕*n.* 承包商　　pest〔pɛst〕*n.* 害蟲
control〔kən'trol〕*n.* 防制　　effort〔'ɛfɚt〕*n.* 努力

possible〔'pasəbḷ〕 adj. 可能的

accommodate〔ə'kamə,det〕 v. 配合

schedule〔'skɛdʒul〕 n. 行程表　　absence〔'æbsn̩s〕 n. 不在

ensure〔ɪn'ʃur〕 v. 確保　　continuity〔,kantə'njuətɪ〕 n. 連續性

program〔'progræm〕 n. 計畫　　contract〔'kantrækt〕 v. 訂立契約

service〔'sɝvɪs〕 n. 服務　　lease〔lis〕 n. 租貸契約

right〔raɪt〕 n. 權利　　notification〔,notəfə'keʃən〕 n. 通知書

during〔'djurɪŋ〕 prep. 在…期間　　normal〔'nɔrmḷ〕 adj. 正常的

business hours 上班時間　　purpose〔'pɝpəs〕 n. 目的

upkeep〔'ʌp,kip〕 n. 維護　　repair〔rɪ'pɛr〕 n. 修繕

routine〔ru'tin〕 adj. 例行的　　inspection〔ɪn'spɛkʃən〕 n. 檢查

provide〔prə'vaɪd〕 v. 規定　　emergency〔ɪ'mɝdʒənsɪ〕 n. 緊急

prior〔'praɪɚ〕 adj. 事先的　　serve〔sɝv〕 v. 當作

coil〔kɔɪl〕 n. 線圈　　smoke〔smok〕 n. 煙霧

detector〔dɪ'tɛktɚ〕 n. 偵測器　　certain〔'sɝtn̩〕 adj. 確定的

management〔'mænɪdʒmənt〕 n. 管理　　office〔'ɔfɪs〕 n. 辦公室

lock〔lak〕 n. 鎖　　install〔ɪn'stɔl〕 v. 安裝

move〔muv〕 v. 搬家　　specifically〔spɪ'sɪfɪklɪ〕 adv. 明確地

state〔stet〕 v. 陳述　　written〔'rɪtn̩〕 adj. 書面的

permission〔pɚ'mɪʃən〕 n. 許可　　unable〔ʌn'ebḷ〕 adj. 不能…的

gain〔gen〕 v. 獲得　　entrance〔'ɛntrəns〕 n. 進入

presence〔'prɛzn̩s〕 n. 存在

unauthorized〔ʌn'ɔθɚ,raɪzd〕 adj. 未經許可的

force〔fors〕 v. 強迫　　begin〔bɪ'gɪn〕 v. 開始

eviction〔ɪ'vɪkʃən〕 n. 遷出　　proceeding〔prə'sidɪŋ〕 n. 處置

sincerely〔sɪn'sɪrlɪ〕 adv. 由衷地　　manager〔'mænɪdʒɚ〕 n. 經理

166.（**A**）這個通知主要是關於什麼？

　　　　(A) 公寓保養。　　　　(B) 安全指標。

　　　　(C) 旅客保險。　　　　(D) 管理室上班時間。

　　　　＊ security〔sɪ'kjurətɪ〕 n. 安全
　　　　　 guidelines〔'gaɪd,laɪnz〕 n. pl. 指標　　guest〔gɛst〕 n. 旅客
　　　　　 policy〔'paləsɪ〕 n. 保險

167. (**D**) 12 月 5 日會發生什麼事？

      (A) 電梯停止服務。

      (B) 蘿妲・富蘭克林將去城外。

      (C) 大廳鑰匙不再有用。

      (D) <u>煙霧偵測器將被測試。</u>

      * elevator〔'ɛləˌvetə〕*n.* 電梯   lobby〔'labɪ〕*n.* 大廳
        no longer 不再   test〔tɛst〕*v.* 測試

168. (**C**) 如果不能進入蘿妲・富蘭克林的公寓，有可能發生什麼事？

      (A) 可能會生火災。   (B) 煙霧偵測器會關閉。

      (C) <u>她可能會被遷出公寓。</u>

      (D) 會打電話給鎖匠。

      * access〔'æksɛs〕*n.* 進入   ***break out*** 爆發
      go off 關掉   locksmith〔'lakˌsmɪθ〕*n.* 鎖匠
      call〔kɔl〕*v.* 打電話

根據以下報導，回答第 169 至 172 題。

直到最近，主要威脅海蝶這種隨洋流漂浮，有翼狀葉的小蝸牛的生命，是依賴牠們當成重要食物來源的魚類和鳥類。但是，一個新的、較看不出來的威脅正在顯現，科學家說，這些蝸牛部分棲身的海洋，如同人類燃燒石油燃料的結果，變得更酸。

一項本月發表的研究指出，一群國際科學家說他們發現，在南極洲附近的南方海域，這些蝸牛的殼正受到上升中的酸性嚴重侵蝕。根據這些科學家發表在自然地球科學期刊的論文，這是海洋化學成份改變，在自然環境中影響活有機體的第一個證據。

由於海蝶是海洋食物鏈的重要角色，這個研究發現引來關注——牠們被最常出現在人們餐桌上的魚類食用，就像鮭魚——在這過程中，海洋吸收和釋放碳。這提出更多酸的海洋可能對海中生物有什麼其他影響的問題。

** until〔ən'tɪl〕*prep.* 直到　　recently〔'risn̩tlɪ〕*adv.* 最近

main〔men〕*adj.* 主要的　　threat〔θrɛt〕*n.* 威脅

life〔laɪf〕*n.* 生命　　***sea butterfly*** 海蝶【海生蝸牛】

tiny〔'taɪnɪ〕*adj.* 微小的　　snail〔snel〕*n.* 蝸牛

wing-like〔'wɪŋ͵laɪk〕*adj.* 翼狀的

lobe〔lob〕*n.* 葉（腦葉、肺葉等）　　float〔flot〕*v.* 漂浮

ocean〔'oʃən〕*n.* 海洋　　current〔'kɝənt〕*n.* 海流

rely〔rɪ'laɪ〕*v.* 依賴　　source〔sors〕*n.* 來源

visible〔'vɪzəbl̩〕*adj.* 看得見的

menace〔'mɛnɪs〕*n.* 威脅

emerge〔ɪ'mɝdʒ〕*v.* 顯現　　scientist〔'saɪəntɪst〕*n.* 科學家

inhabit〔ɪn'hæbɪt〕*v.* 棲息　　become〔bɪ'kʌm〕*v.* 變得

acidic〔ə'sɪdɪk〕*adj.* 酸性的　　result〔rɪ'zʌlt〕*n.* 結果

burn〔bɝn〕*v.* 燃燒　　fossil〔'fɑsl̩〕*adj.* 化石的

fuel〔'fjuəl〕*n.* 燃料　　human〔'hjumən〕*n.* 人類

study〔'stʌdɪ〕*n.* 研究　　publish〔'pʌblɪʃ〕*v.* 發表

group〔grup〕*n.* 群體

international〔͵ɪntə'næʃənl̩〕*adj.* 國際的

discover〔dɪ'skʌvɚ〕*v.* 發現　　shell〔ʃɛl〕*n.* 殼

severely〔sə'vɪrlɪ〕*adv.* 嚴重地　　***eat away*** 侵蝕

rise〔raɪz〕*v.* 上升　　acidity〔ə'sɪdətɪ〕*n.* 酸性

area〔'ɛrɪə〕*n.* 區域　　southern〔'sʌðən〕*adj.* 南方的

near〔nɪr〕*adj.* 附近的　　Antarctica〔ænt'ɑrktɪkə〕*n.* 南極洲

evidence〔'ɛvədəns〕*n.* 證據　　chemistry〔'kɛmɪstrɪ〕*n.* 化學

affect〔ə'fɛkt〕*v.* 影響　　living〔'lɪvɪŋ〕*adj.* 活的

organism〔'ɔrgən͵ɪzəm〕*n.* 有機體

natural〔'nætʃərəl〕*adj.* 自然的

environment〔ɪn'vaɪrənmənt〕*n.* 環境

according to 根據　　paper〔'pepɚ〕*n.* 論文

journal〔'dʒɝnl̩〕*n.* 期刊　　nature〔'netʃɚ〕*n.* 自然

geoscience〔͵dʒio'saɪəns〕*n.* 地球科學

finding〔'faɪndɪŋ〕*n.* 發現　　fuel〔'fjuəl〕*v.* 加燃料於…

concern〔kən'sɝn〕*n.* 關注

significant〔sɪgˋnɪfəkənt〕*adj.* 重要的
role〔rol〕*n.* 角色　　marine〔məˋrin〕*adj.* 海洋的
chain〔tʃen〕*n.* 鏈　　regularly〔ˋrɛgjələlɪ〕*adv.* 規律地
end up 最後變成　　salmon〔ˋsæmən〕*n.* 鮭魚
process〔ˋprɑsɛs〕*n.* 過程　　absorb〔əbˋsɔrb〕*v.* 吸收
release〔rɪˋlis〕*v.* 釋放　　carbon〔ˋkɑrbən〕*n.* 碳
raise〔rez〕*v.* 提出　　effect〔əˋfɛkt〕*n.* 影響
life〔laɪf〕*n.* 生物

169. (**A**) 這篇報導主要是關於什麼？

(A) 世界海洋上升的酸度。
(B) 海蝶的可憐困境。
(C) 增加的鮭魚庫存。
(D) 洋流。

* acid〔ˋæsɪd〕*n.* 酸性　　level〔ˋlɛvḷ〕*n.* 程度
plight〔plaɪt〕*n.* 困境　　rise〔raɪz〕*n.* 增加
stock〔stɑk〕*n.* 庫存

170. (**C**) 海蝶正發生什麼事？

(A) 牠們正被吃到滅絕。
(B) 牠們正被漁夫的網捕獲。
(C) 牠們的殼正被酸腐蝕。
(D) 牠們的主要食物來源正在消失。

* extinction〔ɪkˋstɪŋkʃən〕*n.* 滅絕　　catch〔kætʃ〕*v.* 捕捉
fisherman〔ˋfɪʃəmən〕*n.* 漁夫　　net〔nɛt〕*n.* 網
erode〔ɪˋrod〕*v.* 腐蝕　　primary〔ˋpraɪ,mɛrɪ〕*adj.* 主要的
disappear〔,dɪsəˋpɪr〕*v.* 消失

171. (**B**) 關於這個最近的發現，重要的是什麼？

(A) 它顯示出海洋食物鏈是如何運作。
(B) 它提出海洋化學成份改變的證據。
(C) 它消除關於全球暖化的迷信。
(D) 它說明魚最後是如何出現在我們的餐桌上。

* recent〔'risn̩t〕 *adj.* 最近的　　show〔ʃo〕 *v.* 顯示
work〔wɜk〕 *v.* 運作　　provide〔prə'vaɪd〕 *v.* 提出
dispel〔dɪ'spɛl〕 *v.* 消除　　myth〔mɪθ〕 *n.* 迷信
global〔'globl̩〕 *adj.* 全球的　　warming〔'wɔrmɪŋ〕 *n.* 暖化
explain〔ɪk'splen〕 *v.* 說明　　***wind up*** 結束

172. (**A**) 為什麼海洋變得更酸了？
(A) 燃燒石油。
(B) 丟棄塑膠。
(C) 河川氾濫。
(D) 鮭魚出現。

* dump〔dʌmp〕 *v.* 丟棄　　plastic〔'plæstɪk〕 *n.* 塑膠
flood〔flʌd〕 *n.* 氾濫　　presence〔'prɛzn̩s〕 *n.* 存在

根據以下新聞文章，回答第 173 至 176 題。

逐漸接近聖誕節時，是美國郵政每年最忙碌的幾個星期，然而，過去 100 年裡，郵局員工在每次的聖誕假期，都殷勤承擔分類幾百萬個寄給聖誕老人信件的額外差事，並且保留那些表達認真需求的信件。屆時就能參與郵局「認養」這些信件，在這裡，慷慨的個人，企業，或慈善機構，可以登記來購買和寄送對「聖誕老人」要求禮物的恩惠。過去一個世紀，聖誕老人行動已經將一些節日的快樂帶進無數家庭裡，並且未來幾年也很可能會這樣持續下去。

** ***lead up to*** 逐漸進入　　Christmas〔'krɪsməs〕 *n.* 聖誕節
postal〔'postl̩〕 *adj.* 郵政的；郵局的　　service〔'sɜvɪs〕 *n.* 服務
past〔pæst〕 *adj.* 過去的　　employee〔ɪm'plɔɪ,i〕 *n.* 員工
graciously〔'greʃəslɪ〕 *adv.* 殷勤地　　***take on*** 承擔
additional〔ə'dɪʃənl̩〕 *adj.* 額外的　　task〔tæsk〕 *n.* 差事
sort〔sɔrt〕 *v.* 分類　　million〔'mɪljən〕 *n.* 百萬
address〔ə'drɛs〕 *v.* 寄信　　Santa〔'santə〕 *n.* 聖誕老人
set aside 保留　　express〔ɪk'sprɛs〕 *v.* 表達

serious〔'sɪrɪəs〕*adj.* 認真的；嚴肅的

need〔nid〕*n.* 需求　　available〔ə'veləbḷ〕*adj.* 可用的

adoption〔ə'dɑpʃən〕*n.* 收養

participate〔pɑr'tɪsə,pet〕*v.* 參與　　post〔post〕*n.* 郵政

office〔'ɔfɪs〕*n.* 辦公室　　generous〔'dʒɛnərəs〕*adj.* 慷慨的

individual〔,ɪndə'vɪdʒʊəl〕*n.* 個人

corporation,kɔrpə'reʃən〕*n.* 企業

charitable〔'tʃærətəbḷ〕*adj.* 慈善的

organizaton〔,ɔrgənə'zeʃən〕*n.* 團體　　sign〔saɪn〕*v.* 簽名

ship〔ʃɪp〕*v.* 寄送　　request〔rɪ'kwɛst〕*v.* 懇求

courtesy〔'kɜtəsɪ〕*n.* 恩惠　　past〔pæst〕*adj.* 過去的

century〔'sɛntʃərɪ〕*n.* 世紀　　operation〔,ɑpə'reʃən〕*n.* 行動

bring〔brɪŋ〕*v.* 帶來　　cheer〔tʃɪr〕*n.* 快樂

countless〔'kaʊntlɪs〕*adj.* 無數的

likely〔'laɪklɪ〕*adj.* 很有可能的　　continue〔kən'tɪnju〕*v.* 繼續

years to come 未來幾年

173.(**D**）這篇文章最有可能在什麼時候發表？

　　　　(A) 春假前一週。

　　　　(B) 獨立日。

　　　　(C) 萬聖節前夕。

　　　　(D) 12 月上旬。

　　　　* publish〔'pʌblɪʃ〕*v.* 發表　　break〔brek〕*n.* 休假

　　　　　independence〔,ɪndɪ'pɛndəns〕*n.* 獨立

　　　　　Halloween〔,hælo'in〕*n.* 萬聖節前夕

　　　　　early〔'ɜlɪ〕*adj.* 早的

174.(**A**）郵局員工過去 100 年在做什麼？

　　　　(A) 處理寄給聖誕老人的信。

　　　　(B) 回寄給聖誕老人的信。

　　　　(C) 寫寄給聖誕老人的信。

　　　　(D) 遞送寄給聖誕老人的信。

　　　　* handle〔'hændḷ〕*v.* 處理　　answer〔'ænsɚ〕*v.* 回覆

　　　　　deliver〔dɪ'lɪvɚ〕*v.* 遞送

175. (**B**)　聖誕老人行動的主要目的是什麼？
　　　　(A)　確保聖誕老人回每封信。
　　　　(B)　在聖誕節給貧窮兒童禮物。
　　　　(C)　向企業懇求捐款。
　　　　(D)　協助孤兒的收養。

　　　　* **make sure** 確保　　provide (prəˋvaɪd) v. 提供
　　　　needy (ˋnidɪ) adj. 貧窮的　　solicit (səˋlɪsɪt) v. 懇求
　　　　donation (doˋneʃən) n. 捐款
　　　　facilitate (fəˋsɪlə͵tet) v. 協助　　orphan (ˋɔrfən) n. 孤兒

176. (**D**)　誰能參與聖誕老人行動？
　　　　(A)　非營利組織。　　　　　(B)　只有私人企業。
　　　　(C)　慈善機構和郵局員工。　(D)　任何慷慨的個人或企業。

　　　　* non-profit (͵nɑnˋprɑfɪt) adj. 非營利的
　　　　private (ˋpraɪvɪt) adj. 私人的
　　　　foundation (faʊnˋdeʃən) n. 機構　　worker (ˋwɝkɚ) n. 工作者

根據以下報導，回答第 177 至 180 題。

今日美國報導，一項最近的民調顯示，百分之 21 的美國人在某個程度上會去刺青。

即使五分之一的美國人炫耀著刺青，工作場合中存在著面對刺青油墨污名的可能性，而且沒有適當的法律保護來預防它。幾年前，漢堡連鎖店「紅色知更鳥」，因開除一名因為信仰而不能隱藏手腕上有宗教刺青的員工，而被公平就業機會委員會罰款 15 萬元。

然而，那場訴訟是為了宗教上的歧視，而不是刺青本身。那些依然未受政府保護的，判決則留給個別事務。

公平就業機會委員會的資深律師顧問，崔西‧蘭妮說，「雇主被允許在特定限制中，加以適度的服裝規定，這可能包括禁止可見的刺青。」此外，雇主必須要為虔誠的宗教信仰，做出適度的調節，包括服裝或裝飾規定的例外。蘭妮說，「所以，舉例來說，如果一個獨特宗教規定，信徒要有特定刺青，雇主必須要尊重那個刺青而作出例外，除非這例外會造成過度困擾。」

** ***USA TODAY*** 今日美國【創立於西元 1982 年的報紙媒體】

report〔rɪ'port〕v. 報導　　recent〔'risn̩t〕adj. 最近的

poll〔pol〕n. 民調　　show〔ʃo〕v. 顯示

needle〔'nidl̩〕n. 針　　***go under the needle*** 刺青

point〔pɔɪnt〕n. 程度　　sport〔sport〕v. 炫耀

tattoo〔tæ'tu〕n. 刺青　　possibility〔ˌpɑsə'bɪlətɪ〕n. 可能性

face〔fes〕v. 面對　　stigma〔'stɪgmə〕n. 污名

ink〔ɪŋk〕n. 墨水　　workplace〔'wɜk,ples〕n. 工作場所

exist〔ɪg'zɪst〕v. 存在　　legal〔'ligl̩〕adj. 法律的

protection〔prə'tɛkʃən〕n. 保護　　***in place*** 恰當的

prevent〔prɪ'vɛnt〕v. 預防　　chain〔tʃen〕n. 連鎖店

robin〔'rɑbɪn〕n. 知更鳥　　fine〔faɪn〕v. 罰款

equal〔'ikwəl〕adj. 公平的

employment〔ɪm'plɔɪmənt〕n. 就業

opportunity〔ˌɑpə'tjunətɪ〕n. 機會

commission〔kə'mɪʃən〕n. 委員會

fire〔faɪr〕v. 開除　　employee〔ˌɛmplɔɪ'i〕n. 員工

religious〔rɪ'lɪdʒəs〕adj. 宗敎的　　wrist〔rɪst〕n. 手腕

conceal〔kən'sil〕v. 隱藏　　belief〔bə'lif〕n. 信仰

suit〔sut〕n. 訴訟　　discrimination〔dɪ,skrɪmə'neʃən〕n. 歧視

remain〔rɪ'men〕v. 依然

unprotected〔ˌʌnprə'tɛktɪd〕adj. 無保護的

government〔'gʌvənmənt〕n. 政府

decision〔dɪ'sɪʒən〕n. 判決　　leave〔liv〕v. 留給

individual〔ˌɪndə'vɪdʒuəl〕adj. 個別的

business〔'bɪznɪs〕n. 事務　　employer〔ɪm'plɔɪə〕n. 雇主

permit〔pə'mɪt〕v. 允許　　impose〔ɪm'poz〕v. 強加

reasonable〔'riznəbl̩〕adj. 適度的

code〔kod〕n. 規定　　include〔ɪn'klud〕v. 包括

ban〔bæn〕v. 禁止　　visible〔'vɪzəbl̩〕adj. 看得到的

certain〔'sɜtn̩〕adj. 特定的

constraint〔kən'strent〕n. 限制　　senior〔'sinjə〕adj. 資深的

attorney〔ə'tɜnɪ〕n. 律師　　advisor〔əd'vaɪzə〕n. 顧問

additionally〔ə'dɪʃənl̩〕*adv.* 此外

accommodation〔ə,kamə'deʃən〕*n.* 調節

exception〔ɪk'sɛpʃən〕*n.* 例外　　grooming〔'grumɪŋ〕*n.* 裝飾

sincere〔sɪn'sɪr〕*adj.* 虔誠的　　example〔ɪg'zæmpl̩〕*n.* 例子

particular〔pə'tɪkjələ〕*adj.* 獨特的

religion〔rɪ'lɪdʒən〕*n.* 宗教　　mandate〔'mændet〕*v.* 命令

adherent〔əd'hɪrənt〕*n.* 信徒　　specific〔spɪ'sɪfɪk〕*adj.* 特定的

respect〔rɪ'spɛkt〕*n.* 尊重　　unless〔ən'lɛs〕*conj.* 除非

cause〔kɔz〕*v.* 造成　　undue〔ʌn'dju〕*adj.* 過度的

hardship〔'hardʃɪp〕*n.* 困擾

177. (**A**) 第一個句子暗示什麼？

(A) 五分之一的美國人有刺青。

(B) 比之前還要多人去刺青。

(C) 比以前想得還要少人去刺青。

(D) 每個人的一生在某個程度上會去刺青。

* sentence〔'sɛntəns〕*n.* 句子　　imply〔ɪm'plaɪ〕*v.* 暗示
previously〔'priviəslɪ〕*adv.* 以前　　life〔laɪf〕*n.* 一生

178. (**C**) "sporting"這個字在上下文當中的意思是什麼？

(A) 參與一項體育活動。　　(B) 公平公正。

(C) 擁有和展示。　　(D) 找遊戲來玩。

* participate〔par'tɪsə,pet〕*v.* 參與
athletic〔æθ'lɛtɪk〕*adj.* 體育的　　event〔ɪ'vɛnt〕*n.* 活動
fair〔fɛr〕*adj.* 公平的　　just〔dʒʌst〕*adj.* 公正的
display〔dɪ'sple〕*v.* 展示　　*look for* 尋找

179. (**A**) 「紅色知更鳥」做了什麼而得到公平就業機會委員會的 15 萬元罰款？

(A) 他們開除一位未能遮蓋宗教刺青的員工。

(B) 他們聘雇幾個有冒犯性刺青的員工。

(C) 他們要求所有員工在後腰刺上「紅色知更鳥」商標。

(D) 他們強迫所有員工遮蓋刺青。

* earn〔ɝn〕*v.* 獲得   fail〔fel〕*v.* 未能
      cover〔ˈkʌvɚ〕*v.* 覆蓋   hire〔haɪr〕*v.* 聘雇
      several〔ˈsɛvərəl〕*adj.* 幾個的
      offensive〔əˈfɛnsɪv〕*adj.* 冒犯性的
      require〔rɪˈkwaɪr〕*v.* 要求   logo〔ˈlogo〕*n.* 商標
      small〔smɔl〕*n.* 小的部分   back〔bæk〕*n.* 背
      the small of the back 後腰   force〔fors〕*v.* 強迫

180.(**A**) 崔西・蘭妮說雇主被允許做什麼？
    (A) <u>加以適度的服裝規定。</u>
    (B) 開除拒絕刺青的人們。
    (C) 歧視沒有刺青的員工。
    (D) 要求人們遮蓋宗教刺青。
    * allow〔əˈlaʊ〕*v.* 允許   refuse〔rɪˈfjuz〕*v.* 拒絕
    discriminate〔dɪˈskrɪmə͵net〕*v.* 歧視

根據以下兩封電子信件，回答第 181 至 185 題。

致：卡布什・古塔 <gupta_k@devlin.com>
從：貝蒂・懷特 <white_b@devlin.com>
日期：6 月 16 日
主旨：需要新的備忘錄格式

卡布什，

我注意到我們似乎不能夠有效傳達重要的變更、要求和進度報告到全公司。我提議開發一個協調的備忘錄格式，可被所有職員視爲傳達公司指令的正式方法。

我知道這看來是一個簡單的解決方法，相信這會減少多餘的電子信件，改善全體的溝通，和允許職員保存必要的資訊當作以後的參照。請決定書寫備忘錄的適當要點，並且在 6 月 30 日晚上 12 點前，送回輸入的資料給我。我接著會寄給全部職員，一個關於新備忘錄格式的通知。

謝謝，
貝蒂

** need〔nid〕*n.* 需要　　memo〔'mɛmo〕*n.* 備忘錄
format〔'fɔrmæt〕*n.* 格式　　notice〔'notɪs〕*v.* 注意到
seem〔sim〕*v.* 看來　　able〔'ebl̩〕*adj.* 能夠…的
communicate〔kə'mjunə,ket〕*v.* 傳達
change〔tʃendʒ〕*n.* 變更
requirement〔rɪ'kwaɪrmənt〕*n.* 要求
progress〔'prɑgrɛs〕*n.* 進度　　report〔rɪ'port〕*n.* 報告
throughout〔θru'aʊt〕*prep.* 遍及
company〔'kʌmpənɪ〕*n.* 公司
effectively〔ə'fɛktɪvlɪ〕*adv.* 有效地

propose〔prə'poz〕*v.* 提議　　develop〔dɪ'vɛləp〕*v.* 開發
consistent〔kən'sɪstənt〕*adj.* 調和的
recognizable〔'rɛkəg,naɪzəbl̩〕*adj.* 可辨別的
staff〔stæf〕*n.* 職員　　official〔ə'fɪʃəl〕*adj.* 正式的
means〔minz〕*n. pl.* 方法　　directive〔də'rɛktɪv〕*n.* 指令
know〔no〕*v.* 知道　　simple〔'sɪmpl̩〕*adj.* 簡單的
solution〔sə'luʃən〕*n.* 解決方法　　*cut down* 減少
needless〔'nidlɪs〕*adj.* 多餘的　　improve〔ɪm'pruv〕*v.* 改善
universal〔,junə'vɝsl̩〕*adj.* 全體的
communication〔kə,mjunə'keʃən〕*n.* 溝通

allow〔ə'laʊ〕*v.* 允許　　save〔sev〕*v.* 保存
necessary〔'nɛsə,sɛrɪ〕*adj.* 必要的
information〔,ɪnfə'meʃən〕*n.* 資訊　　later〔'letə〕*adj.* 以後的
referral〔rɪ'fɝəl〕*n.* 參照　　determine〔dɪ'tɝmɪn〕*v.* 決定
proper〔'prɑpə〕*adj.* 適當的　　point〔pɔɪnt〕*n.* 要點
writing〔'raɪtɪŋ〕*n.* 書寫　　return〔rɪ'tɝn〕*v.* 送回
input〔'ɪn,pʊt〕*n.* 輸入　　send〔sɛnd〕*v.* 寄
notice〔'notɪs〕*n.* 通知　　entire〔ɪn'taɪr〕*adj.* 全部的
regarding〔rɪ'gɑrdɪŋ〕*prep.* 關於

致：所有的職員 <hr_list_13@devlin.com>
從：貝蒂・懷特 <white_b@devlin.com>
主旨：新的備忘錄格式自 7 月 1 日起生效

親愛的、受重視的和受敬重的職員們，

爲了使辦公室間的傳達更爲簡易，請遵循以下指導方針來有效書
寫備忘錄：

・在主旨行和第一段清楚陳述這備忘錄的目的。
・用專業的、簡易和有禮貌的措辭。
・使用短句。
・如果要傳遞很多資訊，使用項目符號。
・送出之前先校對。
・寄備忘錄給對主旨採取措施的人，並且將副本給需要知道這
　件事的人。
・張貼額外的資訊；如果可能的話，不要放在備忘錄的本文。

請立即將這個格式付諸實行。我們感激你對開發清楚傳達的協助。
如果你有任何問題，請別猶豫，趕快打電話給我。

貝蒂

** effective〔ə'fɛktɪv〕*adj.* 有效的
valued〔'væljʊd〕*adj.* 受重視的
esteem〔ə'stim〕*v.* 敬重　　member〔'mɛmbɚ〕*n.* 成員
in order to 爲了　　interoffice〔ˌɪntɚ'ɔfɪs〕*adj.* 辦公室間的
adhere〔əd'hɪr〕*v.* 遵守　　guideline〔'gaɪdˌlaɪn〕*n.* 指導方針
clearly〔'klɪrlɪ〕*adv.* 清楚地　　state〔stet〕*v.* 陳述
purpose〔'pɝpəs〕*n.* 目的　　subject〔'sʌbdʒɪkt〕*n.* 主旨
line〔laɪn〕*n.* 行列　　paragraph〔'pærəˌgræf〕*n.* 段落
keep〔kip〕*v.* 保持　　professional〔prə'fɛʃənl〕*adj.* 專業的
simple〔'sɪmpl〕*adj.* 簡易的　　polite〔pə'laɪt〕*adj.* 有禮貌的

sentence〔'sɛntəns〕*n.* 句子

bullet〔'bulɪt〕*n.* 子彈【原意子彈，此指文書作業系統中的「項目符號」】

information〔,ɪnfɚ'meʃən〕*n.* 資訊

convey〔kən've〕*v.* 傳遞

proofread〔'pruf,rid〕*v.* 校對　　send〔sɛnd〕*v.* 送出

address〔ə'drɛs〕*v.* 寄　　action〔'ækʃən〕*n.* 行動

CC 副本（ = *Carbon Copy* ）　　attach〔ə'tætʃ〕*v.* 張貼

additional〔ə'dɪʃənļ〕*adj.* 額外的　　place〔ples〕*v.* 放置

body〔'bɑdɪ〕*n.* 本文　　possible〔'pɑsəbļ〕*adj.* 可能的

put〔put〕*v.* 著手　　practice〔'præktɪs〕*n.* 實行

put sth. into practice 付諸實行

immediately〔ɪ'midɪɪtlɪ〕*adv.* 立即

appreciate〔ə'priʃɪ,et〕*v.* 感激

assistance〔ə'sɪstəns〕*n.* 援助

clear〔klɪr〕*adj.* 清楚的　　hesitate〔'hɛzə,tet〕*v.* 猶豫

call〔kɔl〕*v.* 打電話

181. (**C**) 貝蒂和卡布什的關係是什麼？

    (A) 醫生和病人。　　　　(B) 律師和委託人。

    (C) <u>經理和員工。</u>　　　　(D) 老師和學生。

    * relationship〔rɪ'leʃən,ʃɪp〕*n.* 關係

     patient〔'peʃənt〕*n.* 病人　　client〔'klaɪənt〕*n.* 委託人

     manager〔'mænɪdʒɚ〕*n.* 經理

     employee〔,ɛmplɔɪ'i〕*n.* 員工

182. (**B**) 貝蒂要求卡布什做什麼？

    (A) 寫備忘錄。

    (B) <u>提出解決方法。</u>

    (C) 付他的帳單。

    (D) 辭職。

    * ask〔æsk〕*v.* 要求　　***come up with*** 提出

     pay〔pe〕*v.* 支付　　bill〔bɪl〕*n.* 帳單

     resign〔rɪ'zaɪn〕*v.* 辭職

183. (**C**) 貝蒂想要什麼？

> (A) 少用一些紙。
> (B) 發展論點。
> (C) <u>改善傳達。</u>
> (D) 工作較少時數。
>
> * argument〔ˈɑrgjəmənt〕n. 論點

184. (**C**) 卡布什必須要多久完成這件差事？

> (A) 兩小時。　　(B) 兩天。
> (C) <u>兩週。</u>　　(D) 兩個月。
>
> * accomplish〔əˈkɑmplɪʃ〕v. 完成
>   task〔tæsk〕n. 差事

185. (**C**) 貝蒂要求的結果是什麼？

> (A) 很多人被開除。
> (B) 所有員工獲得加薪。
> (C) <u>備忘錄分發給所有職員。</u>
> (D) 公司破產。
>
> * result〔rɪˈzʌlt〕n. 結果
>   request〔rɪˈkwɛst〕n. 要求
>   fire〔faɪr〕v. 開除　　raise〔rez〕n. 加薪
>   distribute〔dɪˈstrɪbjut〕v. 分發
>   bankrupt〔ˈbæŋkrʌpt〕adj. 破產的

根據以下兩篇文章，回答第 186 至 190 題。

美國 50 個州的運作有多好？這答案取決於你住在哪裡。

每年，富比士雜誌對美國 50 個州施行一項廣泛的調查。根據州的財政健全、生活水準和政府服務的資料概況，來決定每個州管理得多好。第一次，北達科他州是最佳管理。加州是連續第二年最差管理。

要決定這些州治理得多好，富比士從很多的來源細察數以百計的成套
資料。他們看每個州的債務、稅收、支出和赤字來決定這州在財政上
的管理有多好。他們審查稅金、出口額和國內生產毛額成長，包括各
部門的資料分析，來確認每個州是如何管理資源。他們看貧窮度、收
入程度、失業率、高中畢業率、暴力犯罪率和法拍率，來評斷居民是
否成功。

這些最佳管理的州有共同的某些特質，就像最差管理的幾個州一樣。
排名高的州全都有良好管理的預算。排行前十名的州有來自標準普
爾、穆迪、或兩者的完美或接近完美的信用評比。排名最差的十個州，
只有三個州從一家機構獲得最高的分數，而且沒有從兩家機構都得到
高分。加州是目前唯一被標準普爾評定為 A- 的州，是給任何州中最低
的分數。這些不良評等的州有和收入與支出相關的高額債務。

** run〔rʌn〕v. 管理；經營　　state〔stet〕n. 州
　depend〔dɪ'pɛnd〕v. 取決
　Forbes〔'fɔrbɪs〕n. 富比士【美國商業雜誌，創辦於西元 1917 年】
　conduct〔kən'dʌkt〕v. 施行
　extensive〔ɪk'stɛnsɪv〕adj. 廣泛的
　survey〔'sɝve〕n. 調查　　base〔bes〕v. 根據
　review〔rɪ'vju〕n. 概況　　data〔'detə〕n. 資料
　financial〔fə'nænʃəl〕adj. 財政上的　　health〔hɛlθ〕n. 健全
　standard〔'stændəd〕n. 水準

　government〔'gʌvɚnmənt〕n. 政府
　service〔'sɝvɪs〕n. 服務　　determine〔dɪ'tɝmɪn〕v. 決定
　manage〔'mænɪdʒ〕v. 管理
　North Dakota〔'nɔrθdə'kotə〕n. 北達科他州【位在美國中西部】
　California〔ˌkæləˈfɔrnjə〕n. 加州【位在美國西部】
　worst〔wɝst〕adj. 最差的　　row〔ro〕n. 排；行
　in a row 連續　　review〔rɪ'vju〕v. 細察
　set〔sɛt〕n. 套；組　　dozens〔'dʌznz〕n. pl. 多數
　source〔sors〕n. 來源　　debt〔dɛt〕n. 債務

revenue〔'rɛvə,nju〕*n.* 稅收

expenditure〔ɪk'spɛndɪtʃə〕*n.* 支出　　deficit〔'dɛfəsɪt〕*n.* 赤字

fiscally〔'fɪskl̩〕*adv.* 財政上地　　tax〔tæks〕*n.* 稅金

export〔'ɛksport〕*n.* 出口額

GDP 國內生產毛額【(= *Gross Domestic Product*) 指一國家或地區在一
　年的經濟活動中產生的最終結果】

gross〔gros〕*adj.* 總共的　　domestic〔də'mɛstɪk〕*adj.* 國內的

product〔'pradəkt〕*n.* 生產　　growth〔groθ〕*n.* 成長

include〔ɪn'klud〕*v.* 包括　　breakdown〔'brek,daʊn〕*n.* 資料分析

sector〔'sɛktə〕*n.* 部門　　identify〔aɪ'dɛntə,faɪ〕*v.* 確認

resource〔rɪ'sors〕*n.* 資源　　poverty〔'pavətɪ〕*n.* 貧窮

income〔'ɪŋ,kʌm〕*n.* 收入

unemployment〔,ʌnɪm'plɔɪmənt〕*n.* 失業

graduation〔,grædʒʊ'eʃən〕*n.* 畢業

violent〔'vaɪələnt〕*adj.* 暴力的

crime〔kraɪm〕*n.* 犯罪　　foreclosure〔for'klodʒə〕*n.* 法拍

rate〔ret〕*n.* 比率　　measure〔'mɛʒə〕*v.* 評斷

resident〔'rɛzədənt〕*n.* 居民　　prosper〔'praspə〕*v.* 成功

certain〔'sɝtn̩〕*adj.* 某些的

characteristic〔,kærɪkə'rɪstɪk〕*n.* 特質

common〔'kamən〕*n.* 共同　　rank〔ræŋk〕*n.* 等級

budget〔'bʌdʒɪt〕*n.* 預算　　credit〔'krɛdɪt〕*n.* 信用

Standard & Pool's 標準普爾【美國金融分析機構】

Moody's 穆迪【美國金融分析機構】　　receive〔rɪ'siv〕*v.* 收到

score〔skor〕*n.* 分數　　agency〔'edʒənsɪ〕*n.* 機構

currently〔'kɝəntlɪ〕*adv.* 目前　　give〔gɪv〕*v.* 給予

poorly〔'pʊrlɪ〕*adv.* 不良地

relative〔'rɛlətɪv〕*adj.* 有關聯的

一個州的成功管理很難評斷。影響該州財政和人口的因素，可能是多年前作決策的結果。一個州的難處可能是由拙劣管理或外部因素引起，例如極端天氣。一個有豐富自然資源的州，應該比渴求資源的州，能更從容地平衡預算。區域問題或全國特定產業衰退，會摧毀本地經濟。譬如，次級房貸危機，不成比例地影響數州行情看漲的建築業和房地產市場。如此的因素，被輕易證明和注意到是一個州的貧窮程度、失業率或緊繃財源的可能原因。

儘管是這樣，在支配範圍內處理資源是每個州的責任。每個州政府必須預料經濟的改變，並且多樣化州的產業和吸引新的事業。一個州應該要能夠增加足夠的收入，來確保公民的安全，並且將財政困境減至最低，沒有花更多它能付得起的錢。有些州在歷史上已經做得比其他州還要好。

** successful〔səkˈsɛsfəl〕 *adj.* 成功的
management〔ˈmænɪdʒmənt〕 *n.* 管理
difficult〔ˈdɪfəˌkʌlt〕 *adj.* 困難的　　factor〔ˈfæktɚ〕 *n.* 因素
affect〔əˈfɛkt〕 *v.* 影響　　finance〔fəˈnæns〕 *n.* 財政
population〔ˌpɑpjəˈleʃən〕 *n.* 人口　　result〔rɪˈzʌlt〕 *n.* 結果
decision〔dɪˈsɪʒən〕 *n.* 決策　　difficulty〔ˈdɪfəˌkʌltɪ〕 *n.* 難處
cause〔kɔz〕 *v.* 引起　　poor〔pur〕 *adj.* 拙劣的
governance〔ˈgʌvɚnəns〕 *n.* 管理
external〔ɪkˈstɚnḷ〕 *adj.* 外部的
extreme〔ɪkˈstrim〕 *adj.* 極端的　　weather〔ˈwɛðɚ〕 *n.* 天氣

abundant〔əˈbʌndənt〕 *adj.* 豐富的
natural〔ˈnætʃərəl〕 *adj.* 自然的
balance〔ˈbæləns〕 *v.* 平衡　　starve〔stɑrv〕 *v.* 渴望
regional〔ˈridʒənḷ〕 *adj.* 區域的　　national〔ˈnæʃənḷ〕 *adj.* 全國的
decline〔dɪˈklaɪn〕 *n.* 衰退　　certain〔ˈsɚtṇ〕 *adj.* 特定的
industry〔ˈɪndəstrɪ〕 *n.* 產業　　destroy〔dɪˈstrɔɪ〕 *v.* 摧毀
local〔ˈlokḷ〕 *adj.* 本地的　　economy〔ɪˈkɑnəmɪ〕 *n.* 經濟
subprime〔ˌsʌbˈpraɪm〕 *n.* 次級

mortgage〔'mɔrgɪdʒ〕*n.* 房屋貸款

crisis〔'kraɪsɪs〕*n.* 危機

disproportionately〔ˌdɪsprə'pɔrʃənɪtlɪ〕*adv.* 不成比例地

strong〔strɔŋ〕*adj.*【商】行情看漲的

construction〔kən'strʌkʃən〕*n.* 建築業

real〔'rɪəl〕*adj.*【律】不動產的　estate〔ə'stet〕*n.* 地產

market〔'markɪt〕*n.* 市場　identify〔aɪ'dɛntəˌfaɪ〕*v.* 證明

note〔not〕*v.* 注意到　cause〔kɔz〕*n.* 原因

strain〔stren〕*v.* 使緊繃　coffer〔'kɔfɚ〕*n.* 金庫

despite〔dɪ'spaɪt〕*prep.* 儘管

responsibility〔rɪˌspansə'bɪlətɪ〕*n.* 責任

deal〔dil〕*v.* 處理　disposal〔dɪ'spozḷ〕*n.* 支配的範圍

anticipate〔æn'tɪsəˌpet〕*v.* 料想

economic〔ˌikə'namɪk〕*adj.* 經濟的　shift〔pur〕*adj.* 拙劣的

diversify〔də'vɝsəˌfaɪ〕*v.* 多樣化　industry〔'ɪndəstrɪ〕*n.* 產業

attract〔ə'trækt〕*v.* 吸引　business〔'bɪznɪs〕*n.* 事業

raise〔rez〕*v.* 增加　ensure〔ɪn'ʃur〕*v.* 確保

safety〔'seftɪ〕*n.* 安全　citizen〔'sɪtəzn̩〕*n.* 公民

minimize〔'mɪnəˌmaɪz〕*v.* 使降至最低

hardship〔'hardʃɪp〕*n.* 困境　spend〔spɛnd〕*v.* 花費

prudently〔'prudəntlɪ〕*adv.* 審慎地

afford〔ə'ford〕*v.* 買得起

historically〔hɪs'tɔrɪkḷɪ〕*adv.* 歷史上地

186.(**B**) 二篇文章在什麼方面不同？

　　　(A) 看法。　　　　　　(B) 長度。

　　　(C) 字彙。　　　　　　(D) 主題。

　　　* differ〔'dɪfɚ〕*v.* 不同

　　　perspective〔pɚ'spɛktɪv〕*n.* 看法

　　　length〔lɛŋθ〕*n.* 長度

　　　vocabulary〔və'kæbjəˌlɛrɪ〕*n.* 字彙

　　　subject〔'sʌbdʒɪkt〕*n.* 主題　matter〔'mætɚ〕*n.* 本體

187. (**B**) 二篇文章在什麼方面相似？

  (A) 看法。   (B) 主題。

  (C) 情緒。   (D) 氛。

  * similar〔ˈsɪmələ〕 *adj.* 相似的

   mood〔mud〕 *n.* 情緒

   atmosphere〔ˈætməsˌfɪr〕 *n.* 氣氛

188. (**B**) 根據第一篇文章，關於排名高的州，什麼是眞的？

  (A) 它們在教育上花較少的錢。

  (B) 它們有管理良好的預算。

  (C) 它們的信用不好。

  (D) 它們有很多自然資源。

  * education〔ˌɛdʒʊˈkeʃən〕 *n.* 教育

189. (**A**) 根據第一篇文章，關於排名低的州，什麼是眞的？

  (A) 它們有相對於收入還要高的債務。

  (B) 它們有鄉村人口。

  (C) 它們有低程度的失業率。

  (D) 它們是貧窮的鄰居。

  * rural〔ˈrʊrəl〕 *adj.* 鄉村的 neighbor〔ˈnebə〕 *n.* 鄰居

190. (**B**) 第二篇文章說關於一個州的成功管理是什麼？

  (A) 根據意見多於事實。

  (B) 很難評斷。

  (C) 該爲確保居民成功而負責。

  (D) 精密科學。

  * opinion〔əˈpɪnjən〕 *n.* 意見 fact〔fækt〕 *n.* 事實

   responsible〔rɪˈspɑnsəbḷ〕 *adj.* 負責的

   exact〔ɪgˈzækt〕 *adj.* 精密的

   science〔ˈsaɪəns〕 *n.* 科學

根據以下電子信件往來，回答第 191 至 195 題。

親愛的泰迪技術：

如果一位同事不知不覺打擾你做事，而且做這件事時專心很重要，
什麼是告訴他們的最佳方式呢？當我在寫程式的時候，這些打擾特
別讓人混亂。我應該直接告訴我的同事或是寄電子信給經理？

有一個簡單的方法而不影響太多和那個人的關係嗎？

——在西雅圖的雷夫

** technical〔ˋtɛknɪkḷ〕*adj.* 技術的
co-worker〔ˋkoˏwɝkɚ〕*n.* 同事
unknowingly〔ʌnˋnoɪŋlɪ〕*adv.* 不知不覺地
disturb〔dɪˋstɝb〕*v.* 打擾
concentration〔ˏkɑnsṇˋtreʃən〕*n.* 專心
program〔ˋprogræm〕*v.* 寫程式
disturbance〔dɪˋstɝbəns〕*n.* 打擾

particularly〔pɚˋtɪkjələlɪ〕*adv.* 特別地
disruptive〔dɪsˋrʌptɪv〕*adj.* 引起混亂的
colleague〔ˋkɑlig〕*n.* 同事
directly〔dəˋrɛktlɪ〕*adv.* 直接地
send〔sɛnd〕*v.* 寄　　manager〔ˋmænɪdʒɚ〕*n.* 經理
affect〔əˋfɛkt〕*v.* 影響　　relation〔rɪˋleʃən〕*n.* 關係
Seattle〔siˋætḷ〕*n.* 西雅圖【位在美國西岸華盛頓州的城市】

雷夫，

第一件要做的事，找出如果你能自己做對這情況有幫助的任何事
（舉例來說，假使是吵雜的噪音——考慮用抵銷噪音的耳機或白噪
音產生器）。

考慮這是否一貫發生的事——如果它是僅此一次，就隨它去吧。如
果這是持續的，你應該開始和同事討論這問題——還沒有完全擴大
到管理階層的必要。

和他或她談話，並且委婉地說明這行為正使你在工作上分心，詢問
他或她能否停止。如果詢問是合理的事，而且你的同事能了解這行
為是讓人混亂的，應該不會對你們的關係有太多影響。當然，這取
決於這個人和情況——不是每個人都通人情和所有的要求都合理。
你需要運用你的判斷。只有在幾次這樣的要求被忽視時，你才該去
找管理階層——你要能夠和正確說明為什麼這行為正影響到你的工
作，並且對如何修正事情提出和詢問建議。

** find〔faɪnd〕v. 找到
   situation〔ˌsɪtʃʊˈeʃən〕n. 情況
   say〔se〕v. 假使　　　loud〔laʊd〕adj. 吵雜的
   consider〔kənˈsɪdə〕v. 考慮　　cancel〔ˈkænsḷ〕v. 抵銷
   earphone〔ˈɪrˌfon〕n. 耳機
   white noise 白噪音【又稱白雜訊，混合各種頻率的聲波，使人耳無法
      分辨其中的差異，因此可使人專心】
   generator〔ˈdʒɛnəˌretə〕n. 產生器
   consistently〔kənˈsɪstəntlɪ〕adv. 一貫地
   one-off〔ˈwʌnˈɔf〕n. 僅一次　　let〔lɛt〕v. 讓
   persistent〔pəˈzɪstənt〕adj. 持續的
   discuss〔dɪˈskʌs〕v. 討論
   issue〔ˈɪʃʊ〕n. 問題　　escalate〔ˈɛskəˌlet〕v. 擴大

management〔'mænɪdʒmənt〕*n.* 管理階層
quite〔kwaɪt〕*adv.* 完全　　explain〔ɪk'splen〕*v.* 說明
politely〔pə'laɪtlɪ〕*adv.* 委婉地
behavior〔bɪ'hevjɚ〕*n.* 行為
distract〔dɪ'strækt〕*v.* 分心
reasonable〔'riznəbḷ〕*adj.* 合理的；通人情的
impact〔'ɪmpækt〕*n.* 影響
relationship〔rɪ'leʃən,ʃɪp〕*n.* 關係
depend〔dɪ'pɛnd〕*v.* 取決　　request〔rɪ'kwɛst〕*n.* 要求
exercise〔'ɛksɚ,saɪz〕*v.* 運用
judgment〔'dʒʌdʒmənt〕*n.* 判斷
several〔'sɛvərəl〕*adj.* 幾個的　　ignore〔ɪg'nor〕*v.* 忽視
exactly〔ɪg'zæktlɪ〕*adv.* 正確地　　offer〔'ɔfɚ〕*v.* 提供
suggestion〔sə'dʒɛstʃən〕*n.* 建議　　fix〔fɪks〕*v.* 修正

191.(**C**) 雷夫正被什麼打擾？

(A) 他的鄰居。　　　　　　(B) 他的同學。

(C) <u>他的同事。</u>　　　　　　(D) 他的主管。

　　* supervisor〔'supɚ,vaɪzɚ〕*n.* 主管

192.(**B**) 他或她是如何打擾雷夫？

(A) 故意妨礙他的工作。

(B) <u>製造吵雜的噪音。</u>

(C) 流傳惡意的謠言。

(D) 偷他的辦公室用品。

　　* sabotage〔'sæbə,tɑʒ〕*v.* 故意妨礙
　　 spread〔sprɛd〕*v.* 流傳　　vicious〔'vɪʃəs〕*adj.* 惡意的
　　 rumor〔'rumɚ〕*n.* 謠言　　steal〔stil〕*v.* 偷
　　 office〔'ɔfɪs〕*n.* 辦公室
　　 supply〔sə'plaɪ〕*n.* 供應品

193. (**C**) 關於這件事，雷夫想要做什麼？

    (A) 告訴每個人這行為是讓人混亂的。

    (B) 讓那個人知道他有多不愉快。

    (C) <u>停止這行為而不影響關係。</u>

    (D) 避免被開除。

    * unhappy〔ʌn'hæpɪ〕*adj.* 不愉快的
        avoid〔ə'vɔɪd〕*v.* 避免　　fire〔faɪr〕*v.* 開除

194. (**C**) 泰迪技術說雷夫首先該做什麼？

    (A) 製造更多噪音。

    (B) 向公司辭職。

    (C) <u>看他能否自己做某些事。</u>

    (D) 立即通知主管。

    * first〔fɝst〕*adj.* 首先的
        leave〔liv〕*v.* 辭職
        company〔'kʌmpənɪ〕*n.* 公司
        notify〔'notə,faɪ〕*v.* 通知
        immediately〔ɪ'midɪɪtlɪ〕*adv.* 立即

195. (**A**) 泰迪技術說雷夫接著該做什麼？

    (A) <u>和他的同事談一談。</u>

    (B) 在社交媒體網站上抱怨。

    (C) 草擬一封信給管理階層。

    (D) 雇用一位律師。

    * complain〔kəm'plen〕*v.* 抱怨
        social〔'soʃəl〕*adj.* 社交的
        media〔'midɪə〕*n. pl.* 媒體
        draft〔dræft〕*v.* 草擬
        hire〔haɪr〕*v.* 雇用　　lawyer〔'lɔjɚ〕*n.* 律師

根據以下傳眞和電子信件，回答第 196 至 200 題。

傳眞

立刻發給所有的賣主和合夥人

南方酒和紐約烈酒

第 45 年度多季倉庫出清！

所有啤酒和麥酒 5 折！！！

這個限期供應只在接下來 24 小時才有。必須在 2 月 10 日，星期五，中部標準時間下午 11 點 59 分內收到和核准所有的訂單。最小購買量限定爲 1 千 5 百元。接受傳眞和電子信件訂單。不接受電話訂單。訂單必須用 SWS 的正式購買訂單遞交。訂單的格式，造訪我們的網站：http://www.southernwands.com

** fax〔fæks〕*n.* 傳眞　　immediate〔ɪ'midɪɪt〕*adj.* 立即的
release〔rɪ'lis〕*n.* 發放　　vendor〔'vɛndɚ〕*n.* 賣主
partner〔'pɑrtnɚ〕*n.* 合夥人　　southern〔'sʌðɚn〕*adj.* 南方的
wine〔waɪn〕*n.* 酒　　spirits〔'spɪrɪts〕*n. pl.* 烈酒
New York〔nju'jɔrk〕*n.* 紐約　　annual〔'ænjuəl〕*adj.* 年度的
warehouse〔'wɛr,haʊs〕*n.* 倉庫　　clearance〔'klɪrəns〕*n.* 出清
off〔ɔf〕*prep.* 從⋯減去　　beer〔bɪr〕*n.* 啤酒
ale〔el〕*n.* 麥酒　　limit〔'lɪmɪtɪd〕*adj.* 有限制的
offer〔'ɔfɚ〕*n.* 供應　　good〔gud〕*adj.* 有⋯的
order〔'ɔrdɚ〕*n.* 訂單
receive〔rɪ'siv〕*v.* 收到　　approve〔ə'pruv〕*v.* 核准
CST（美國）中部標準時間（ = *Central Standard Time* ）
minimum〔'mɪnəməm〕*adj.* 最小的　　purchase〔'pɝtʃəs〕*n.* 購買
qualify〔'kwɑlə,faɪ〕*v.* 限定　　accept〔ək'sɛpt〕*v.* 接受
submit〔səb'mɪt〕*v.* 遞交　　official〔ə'fɪʃəl〕*adj.* 正式的
form〔fɔrm〕*n.* 格式　　visit〔'vɪzɪt〕*v.* 造訪

南方酒和紐約烈酒正式訂購單

賣主名：　蓋瑞的酒屋　　　　　　　　　賣主編號　　893531

帳單地址：　　史都華・蘇麗文大道947號

城市：　　　自由鎮　　　　　州：　紐約州　郵遞區號：　10745

運貨地址：　　同上

品　　　項	每個包裝價格	容量	小計
百威啤酒（24罐裝）	17.99	10	179.90
美樂啤酒（12瓶裝）	12.99	10	129.90
酷爾斯啤酒（6罐裝）	6.99	10	69.90
海尼根啤酒（15公升桶裝）	129.99	10	1299.90
帕布斯特藍帶啤酒（24罐裝）	15.99	10	159.90
伯丁罕黑麥酒（6瓶裝）	10.99	10	109.90
健力士啤酒（4罐裝）	14.99	10	149.90
		總金額	2099.30
		減去5折	-1049.65
		應付餘額	**1049.65**

付款帳戶號碼	運貨方式
893531	貨運

注意：所有的折扣會顯示在你下期結帳的發票裡

** booze〔buz〕*n.* 酒　　hut〔hʌt〕*n.* 小屋
bill〔bɪl〕*n.* 帳單　　address〔ə'drɛs〕*n.* 地址
boulevard〔'bʊlə͵vɑrd〕*n.* 大道
Liberty〔'lɪbətɪ〕*n.* 自由鎮【位在紐約洲的小鎮】
state〔stet〕*n.* 州　　zip〔zɪp〕*n.* 郵遞區號（= *zip code*）
ship〔ʃɪp〕*v.* 運貨　　above〔ə'bʌv〕*n.* 上述
item〔'aɪtəm〕*n.* 品項　　price〔praɪs〕*n.* 價格
per〔pɚ〕*prep.* 每　　unit〔'junɪt〕*n.* 一個
quantity〔'kwɑntətɪ〕*n.* 數量　　sub-total〔'sʌb'totḷ〕*n.* 小計

Budweiser〔'bʌdwaɪzɚ〕*n.* 百威啤酒
pack〔pæk〕*n.* 包裝　　can〔kæn〕*n.* 罐
Miller〔'mɪlɚ〕*n.* 美樂啤酒　　bottle〔'bɑtḷ〕*n.* 瓶
Coors〔kʊrz〕*n.* 酷爾斯啤酒
Heineken〔'haɪnɪkən〕*n.* 海尼根啤酒
liter〔'litɚ〕*n.* 公升　　mini〔'mɪnɪ〕*adj.* 小型的
keg〔kɛg〕*n.* 小木桶　　Pabst〔pæbst〕*n.* 帕布斯特啤酒公司
ribbon〔'rɪbən〕*n.* 絲帶
Boddington〔'bɑdɪŋtən〕*n.* 伯丁罕啤酒公司

stout〔staʊt〕*n.* 黑啤酒　　Guinness〔'gɪnɪs〕*n.* 健力士啤酒
tallboy〔'tɔl͵bɔɪ〕*n.* 啤酒罐　　amount〔ə'maʊnt〕*n.* 額
minus〔'maɪnəs〕*prep.* 減去　　discount〔'dɪskaʊnt〕*n.* 折扣
balance〔'bæləns〕*n.* 餘額　　due〔dju〕*n.* 應付的東西
account〔ə'kaʊnt〕*n.* 帳戶　　method〔'mɛθəd〕*n.* 方式
freight〔fret〕*n.* 貨運　　note〔not〕*v.* 注意
reflect〔rɪ'flɛkt〕*v.* 顯示　　invoice〔'ɪnvɔɪs〕*n.* 發票
cycle〔'saɪkḷ〕*n.* 周期

196. (**A**) 南方酒和烈酒公司已經辦年度冬季出清拍賣多久了？

　　(A) 45 年。　　　　　　　　(B) 24 小時。
　　(C) 5 折。　　　　　　　　(D) 從 2 月 10 日。

　　 * run〔rʌn〕*v.* 辦理　　sale〔sel〕*n.* 拍賣

197. (**D**) 以下何者不是獲得供應資格的必備條件？
　　　(A) 1500 元的最低購買量。
　　　(B) 必須在 24 小時內收到和核准訂單。
　　　(C) 訂單必須是傳眞或電子信件。
　　　(D) 賣主必須以紐約爲根據地。
　　　* requirement〔rɪ'kwaɪrmənt〕*n.* 必備條件
　　　　qualify〔'kwɑlə,faɪ〕*v.* 有…的資格 < *for* >
　　　　base〔bes〕*v.* 以…爲根據地

198. (**C**) 你可以在哪裡找到正式的購買訂單？
　　　(A) 在原本傳眞的背面。
　　　(B) 在任何南方公司的據點。
　　　(C) 在網路上。
　　　(D) 在圖書館。
　　　* back〔bæk〕*n.* 背面　　original〔ə'rɪdʒən!〕*adj.* 原本的
　　　　location〔lo'keʃən〕*n.* 據點

199. (**C**) 什麼時候賣主會看到用在帳單上的 5 折折扣？
　　　(A) 用現金。　　　　　　(B) 商品的收據上。
　　　(C) 下期帳單的發票上。　(D) 煙火用盡時。
　　　* apply〔ə'plaɪ〕*v.* 施用　　cash〔kæʃ〕*n.* 現金
　　　　receipt〔rɪ'sit〕*n.* 收據
　　　　merchandise〔'mɜtʃən,daɪz〕*n.* 商品
　　　　sparkler〔'spɑrk!ɚ〕*n.* 煙火　　***run out*** 耗盡

200. (**A**) 蓋瑞酒屋購買訂單折扣前的總金額是多少？
　　　(A) 2099.30 元。
　　　(B) 這取決於上個星期他訂購多少。
　　　(C) 不可能說沒折扣。
　　　(D) 含運費 1049.65 元。
　　　* depend〔dɪ'pɛnd〕*v.* 取決於　　order〔'ɔrdɚ〕*v.* 訂購
　　　　freight〔fret〕*n.* 運費　　include〔ɪn'klud〕*v.* 包含

New TOEIC Speaking Test 詳解

Question 1: Read a Text Aloud

 題目解說　（ 🎧 Track 2-05 ）

> 　　手套箱可以是車上有用的財寶箱，儲藏一切事物，從重要文件和收據，到胎壓計和額外的保險絲。對極重要的物品來說，它是安全、容易取得的空間，而且幾乎每輛車都有一個。即使是佼佼者，有時候因爲將不必要的物品，像是 CD 或化妝品丟入手套箱而感到愧疚。

** glove〔glʌv〕*n.* 手套　　useful〔'jusfəl〕*adj.* 有用的
treasure〔'trɛʒɚ〕*n.* 財寶　　chest〔tʃɛst〕*n.* 箱
house〔hauz〕*v.* 儲藏　　paper〔'pepɚ〕*n.* 文件
receipt〔rɪ'sit〕*n.* 收據　　gauge〔gedʒ〕*n.* 計量器
extra〔'ɛkstrə〕*adj.* 額外的　　fuse〔fjuz〕*n.* 保險絲
access〔'æksɛs〕*n.* 取得　　place〔ples〕*n.* 空間
crucial〔'kruʃəl〕*adj.* 極重要的　　item〔'aɪtəm〕*n.* 物品
the best 佼佼者　　guilty〔'gɪltɪ〕*adj.* 內疚的
litter〔'lɪtɚ〕*v.* 亂丟　　unnecessary〔ʌn'nɛsə,sɛrɪ〕*adj.* 不必要的
cosmetics〔kɑz'mɛtɪks〕*n. pl.* 化妝品

Question 2: Read a Text Aloud

 題目解說　（ 🎧 Track 2-05 ）

> 　　好消息，葡萄酒愛好者們！紅酒裡的抗氧化劑可以幫助你維持健康。一份西元 2010 年的美國流行病學期刊研究發現，在 4 千位西班牙成人中，一年喝超過每週 14 杯酒的人，有百分之四十較不會罹患一般的感冒。

** wine〔waɪn〕*n.* 葡萄酒　　lover〔'lʌvɚ〕*n.* 愛好者
antioxidant〔'æntɪ'ɑksədənt〕*n.* 抗氧化劑

healthy (ˈhɛlθɪ) *adj.* 健康的　　study (ˈstʌdɪ) *n.* 研究
journal (ˈdʒɝnl̩) *n.* 期刊
epidemiology (ˌɛpɪˌdimɪˈɑlədʒɪ) *n.* 流行病學
Spanish (ˈspænɪʃ) *adj.* 西班牙的　　adult (əˈdʌlt) *n.* 成人
weekly (ˈwiklɪ) *adj.* 每週的　　glass (glæs) *n.* 玻璃杯
likely (ˈlaɪklɪ) *adj.* 可能⋯的　　***come down with*** 罹患
common (ˈkɑmən) *adj.* 一般的　　cold (kold) *n.* 感冒

Question 3: Describe a Picture

 必背答題範例

 中文翻譯　(Track 2-06)

三個人正在賭博。
他們在一間賭場。
他們似乎樂在其中。

也有一位賭場的發牌者。
她是發牌的人。
她也扮演「莊家」的角色。

他們看起來正在玩 21 點。
21 點是有趣的遊戲。
很容易就可以玩。

賭場裡也有其他人。
有一些正在玩吃角子老虎機。
這有可能是在拉斯維加斯。

他們正在桌上玩牌。
桌上有籌碼。
他們正在用現金賭博。

有一位男士在桌子旁。
其他的人是女士。
我希望她們贏得男士所有的錢。

** ——————————————

gamble〔ˈgæmbl̩〕v. 賭博　　casino〔kəˈsino〕n. 賭場
appear〔əˈpɪr〕v. 似乎　　fun〔fʌn〕n. 樂趣
house〔haʊs〕n. 公司行號　　dealer〔ˈdilɚ〕n. 發牌者
deal〔dil〕v. 發（牌）　　act〔ækt〕v. 扮演
bank〔bæŋk〕n. 莊家
blackjack〔ˈblæk͵dʒæk〕n.【牌】21點　　slot〔slɑt〕n. 投幣口
machine〔məˈʃin〕n. 機器　　***slot machine*** 吃角子老虎機
probably〔ˈprɑbəblɪ〕adv. 可能
Las Vegas〔lɑsˈvegəs〕n. 拉斯維加斯【位在美國內華達州，
　以賭場聞名的城市】
chip〔tʃɪp〕n. 籌碼　　real〔ˈriəl〕adj. 真實的
take〔tek〕v. 贏得

Questions 4-6: Respond to Questions

 必背答題範例 　（ Track 2-06 ）

想像你正參與一項關於運輸和日常通勤的研究調查。你同意在電話訪問中回答幾個問題。

Q4: 你怎麼去上班（或上學）？

A4: 我去上班有兩種方法。
　　我多半搭公車。
　　但是，有時候我搭同事的便車。

Q5: 你平均的通勤時間有多久？

A5: 這取決於方向。
　　早上大概要 30 分鐘才到那裡。
　　晚上要花 1 個小時才到家。

Q6:　你多久使用大眾運輸一次？請在回答中提出理由和使用範例。

A6:　我每天都使用大眾運輸。

　　它超級方便。

　　如果在市內有自己的車，我會瘋掉。

　　公車看來是最有效率的運輸方法。

　　無論我想去哪，就有公車往那裡去。

　　搭公車便宜，而且往返頻繁和準時。

　　偶爾，我搭地鐵去拜訪父母。

　　他們住在市郊，所以這比坐火車還要快一點。

　　總之，我是大眾運輸系統的忠實愛好者。

** ——————————————————

imagine〔ɪˈmædʒɪn〕*v.* 想像

participate〔parˈtɪsəˌpet〕*v.* 參與

marketing〔ˈmarkɪtɪŋ〕*n.* 行銷　　research〔ˈrisɝtʃ〕*n.* 研究

study〔ˈstʌdɪ〕*n.* 調查；研究

transportation〔ˌtrænspɚˈteʃən〕*n.* 運輸

daily〔ˈdelɪ〕*adj.* 日常的　　commute〔kəˈmjut〕*n.* 通勤

agree〔əˈgri〕*v.* 同意　　interview〔ˈɪntɚˌvju〕*n.* 訪談

average〔ˈævərɪdʒ〕*adj.* 平均的　　way〔we〕*n.* 方法

mostly〔ˈmostlɪ〕*adv.* 多半地　　ride〔raɪd〕*n.* 搭便車

co-worker〔ˈkoˈwɝkɚ〕*n.* 同事　　public〔ˈpʌblɪk〕*adj.* 大眾的

reason〔ˈrizn̩〕*n.* 理由　　reply〔rɪˈplaɪ〕*n.* 回答

depend〔dɪˈpɛnd〕*v.* 取決於　　direction〔dəˈrɛkʃən〕*n.* 方向

convenient〔kənˈvinjənt〕*adj.* 方便的

own〔on〕*v.* 擁有　　efficient〔əˈfɪʃənt〕*adj.* 有效率的

method〔ˈmɛθəd〕*n.* 方法　　cheap〔tʃip〕*adj.* 便宜的

frequently〔ˈfrikwəntlɪ〕*adv.* 頻繁地

occasionally〔əˈkeʒənl̩ɪ〕*adv.* 偶爾

subway〔ˈsʌbˌwe〕*n.* 地下鐵　　visit〔ˈvɪzɪt〕*v.* 拜訪

suburb〔ˈsʌbɝb〕*n.* 市郊　　quite〔kwaɪt〕*adv.* 全然

conclusion〔kənˈkluʒən〕*n.* 結論　　***in conclusion*** 總之

big fan 忠實愛好者　　system〔ˈsɪstəm〕*n.* 系統

Questions 7-9: Respond to Questions Using Information Provided

 題目解說

【中文翻譯】

為何在超級營隊工作？

• 極佳的機會在各式各樣的領域中，以 4 歲到 16 歲的兒童為工作對象，發展現有和學習新技能

• 有創造力、運動的、冒險性的和技術性的工作

• 完整的內部訓練和免費良民證

• 有競爭力的薪資行情

• 整年在學校放假期間工作的機會，也可利用部分季節

• 可從超過 80 個據點和 30 個不同職務中選擇

• 你需要點擊下方的「現在申請」按鍵來申請多元活動，野生探險和對…的熱愛等營隊或課程的職務。如果你對總部的職缺，訓練職務之一或助理區域經理有興趣，點左邊的總部職缺標籤

請注意：我們的白天營隊不是有住宿的，所以請挑選你每天能去的營隊！

申請表格將會從一月開始，開放來申請我們的 2013 活動季。如果你有任何問題，隨時歡迎用 1-800-777-5555 這個號碼打電話給我們。

【背景敘述】

嗨，我是蕾貝嘉·布蘭肯希普。我打來問關於列在網站上的工作。你介意我問幾個問題嗎？

** camp〔kæmp〕*n.* 營隊　　opportunity〔͵ɑpə'tunətɪ〕*n.* 機會
develop〔dɪ'vɛləp〕*v.* 發展　　existing〔ɪg'zɪstɪŋ〕*adj.* 現有的
variety〔və'raɪətɪ〕*n.* 各式各樣　　area〔'ɛrɪə〕*n.* 領域

work with 以…爲對象　　creative〔krɪ'etɪv〕*adj.* 有創造力的
sporty〔'sportɪ〕*adj.* 運動的
adventurous〔əd'vɛntʃərəs〕*adj.* 冒險性的
technical〔'tɛknɪkḷ〕*adj.* 技術性的　　full〔fʊl〕*adj.* 完整的
in-house〔'ɪn͵haʊs〕*adj.* 內部的　　training〔'trenɪŋ〕*n.* 訓練
free〔fri〕*adj.* 免費的　　***CRB*** 犯罪記錄局（ = *Crime Record Bureau* ）
crime〔kraɪm〕*n.* 犯罪　　record〔'rɛkəd〕*n.* 記錄
bureau〔'bjʊro〕*n.* 局　　clearance〔'klɪrəns〕*n.* 許可
competitive〔kəm'pɛtətɪv〕*adj.* 有競爭力的　　rate〔ret〕*n.* 行情
pay〔pe〕*n.* 薪資　　available〔ə'veləbḷ〕*adj.* 可利用的
location〔lo'keʃən〕*n.* 據點　　role〔rol〕*n.* 職務
choose〔tʃuz〕*v.* 選擇　　course〔kors〕*n.* 課程
multi-〔'mʌltɪ〕*prefix.* 多…　　activity〔æk'tɪvətɪ〕*n.* 活動

raw〔rɔ〕*adj.* 處於自然狀態的　　adventure〔əd'vɛntʃə〕*n.* 探險
passion〔'pæʃən〕*n.* 熱愛　　apply〔ə'plaɪ〕*v.* 申請
click〔klɪk〕*v.*（用滑鼠）點擊　　button〔'bʌtṇ〕*n.* 按鍵
below〔bə'lo〕*prep.* 在…下方　　***head office*** 總部
vacancy〔'vekənsɪ〕*n.* 職缺　　assistant〔ə'sɪstənt〕*adj.* 助理的
regional〔'ridʒənḷ〕*adj.* 區域的　　manager〔'mænɪdʒə〕*n.* 經理
tab〔tæb〕*n.* 標籤　　note〔not〕*v.* 注意
residential〔͵rɛzə'dɛnʃəl〕*adj.* 住宿的　　pick〔pɪk〕*v.* 挑選
travel〔'trævḷ〕*v.* 去　　application〔͵æplə'keʃən〕*n.* 申請書
form〔fɔrm〕*n.* 表格　　open〔'opən〕*v.* 開放
feel free to *V.* 隨時歡迎～　　mind〔maɪnd〕*v.* 介意

必背答題範例　（ Track 2-06 ）

Q7: 這是全職的職位嗎？

A7: 我們有很多不同的職位可供選擇。
　　有一些是全職，而其他的是兼職。
　　這取決於妳想要做什麼。

Q8: 可以取得什麼類型的工作？

A8: 嗯，就像我剛說的，我們有很多選擇。
　　妳可以直接以露營者爲工作對象。
　　妳也可以在總部上班。

Q9: 在超級營隊工作有什麼益處？

A9: 首先，超級營隊是美國最受尊重和著名的計畫之一。

我們提供員工很多絕佳機會。

我們會幫助妳從各種領域中發展現有和學習新技能。

妳將以 4 歲到 16 歲的兒童爲工作對象。

因此，妳將被有創造力的、運動的、冒險性的和技術性的同事圍繞。

當然，我們提供完整的內部訓練。

我們提供有競爭力的薪資行情，以及整年在學校放假期間工作的機會。

我們有超過 80 個據點和 30 種不同職務可供選擇。

我能想到更多的益處，但是有任何妳特別想知道的事嗎？

** ─────────────────

benefit〔ˋbɛnəfɪt〕*n.* 益處　　respect〔rɪˋspɛkt〕*v.* 尊重
well-known〔ˋwɛlˋnon〕*adj.* 著名的
program〔ˋprogræm〕*n.* 計畫　　provide〔prəˋvaɪd〕*v.* 提供
employee〔͵ɛmplɔɪˋi〕*n.* 員工　　surround〔səˋraʊnd〕*v.* 圍繞
co-worker〔ˋkoˋwɝkɚ〕*n.* 同事　　offer〔ˋɔfɚ〕*v.* 提供
in particular 特別；尤其　　know〔no〕*v.* 知道

Question 10: Propose a Solution

 題目解說

【語音留言】

> 　　嗨，蘿拉。我是在東京製造部門的班。如妳所知，我們預定在 11 月初發售新產品。我們已執行一天三班制來趕上生產時間表。不幸的是，我們正面臨一個非常嚴肅的窘境。工人們正威脅要罷工；他們抱怨加班和工作條件。他們要求每週最高 55 小時的工時，而且星期日不上班。我認爲妳應該要將這消息傳到公司組織階層上，並找出解決方法—要快一點。否則，這可能眞的會在不久的未來造成很大的問題。請讓我知道我們該做什麼。

** manufacturing〔͵mænjə'fæktʃərɪŋ〕*adj.* 製造的
division〔də'vɪʒən〕*n.* 部門　　Tokyo〔'tokɪ,o〕*n.* 東京
know〔no〕*v.* 知道　　schedule〔'skɛdʒul〕*v.* 預定　*n.* 時間表
launch〔lɔntʃ〕*v.* 發售　　product〔'prɑdəkt〕*n.* 產品
beginning〔bɪ'gɪnɪŋ〕*n.* 開始　　run〔rʌn〕*v.* 執行
shift〔ʃɪft〕*n.* 輪班　　***keep up with*** 趕上
production〔prə'dʌkʃən〕*n.* 生產
unfortunately〔ʌn'fɔrtʃənɪtlɪ〕*adv.* 不幸的是
face〔fes〕*v.* 面臨　　serious〔'sɪrɪəs〕*adj.* 嚴肅的
dilemma〔də'lɛmə〕*n.* 窘境　　worker〔'wɜkə〕*n.* 工人

threaten〔'θrɛtn̩〕*v.* 威脅　　***go on strike*** 罷工
complain〔kəm'plen〕*v.* 抱怨　　overtime〔'ovə,taɪm〕*n.* 加班
condition〔kən'dɪʃən〕*n.* 條件　　ask〔æsk〕*v.* 要求
maximum〔'mæksəməm〕*n.* 最高　　per〔pə〕*prep.* 每…
pass〔pæs〕*v.* 傳播　　information〔͵ɪnfə'meʃən〕*n.* 消息
food chain 組織階層【原意為食物鏈，此指公司內部的組織架構】
solution〔sə'luʃən〕*n.* 解決方法　　quick〔kwɪk〕*adj.* 迅速的
otherwise〔'ʌðə,waɪz〕*adv.* 否則　　cause〔kɔz〕*v.* 造成
major〔'medʒə〕*adj.* 較大的　　***very near future*** 不久的將來

 必背答題範例　　( Track 2-06)

 中文翻譯

　　班。
　　我剛得知你的訊息。
　　非常感謝你讓我參與其中。

　　我完全了解這情況。
　　管理階層深知讓工作步上軌道的壓力。
　　然而，這給問題一個急迫感。

　　我預定明天和公司高層會面。
　　這是我的首要待辦事項。
　　我承諾會討論這件事並採取行動。

在此同時，這裡是我要你做的事。

首先，和工廠領班聯繫。

告訴他我們將盡一切所能來避免罷工。

儘管管理階層將幾乎一定會同意工人要求的條件，

但是這可能要幾天的時間。

讓工人們知道我們正傾聽他們關心的事。

提醒他們我們希望每個人都開心和有生產力。

在會議之後，我會直接打電話給你。

無論你做什麼，別慌。

讓我們保持頭腦清醒，並且防止一場潛在的災難。

** ───────────────────────

hear﹝ hɪr ﹞*v.* 得知　　message﹝ 'mɛsɪdʒ ﹞*n.* 訊息

keep﹝ kip ﹞*v.* 保持　　***in the loop*** 參與其中

completely﹝ kəm'plitlɪ ﹞*adv.* 完全地

situation﹝ ˌsɪtʃʊ'eʃən ﹞*n.* 情況

management﹝ 'mænɪdʒmənt ﹞*n.* 管理階層

aware﹝ ə'wɛr ﹞*adj.* 知道…的　　pressure﹝ 'prɛʃɚ ﹞*n.* 壓力

stay on track 步上軌道　　issue﹝ 'ɪʃjʊ ﹞*n.* 問題

sense﹝ sɛns ﹞*n.* 感覺　　urgency﹝ 'ɝdʒənsɪ ﹞*n.* 急迫

schedule﹝ 'skɛdʒul ﹞*v.* 預定　　upper﹝ 'ʌpɚ ﹞*adj.* 上部的

agenda﹝ ə'dʒɛndə ﹞*n.* 待辦事項　　promise﹝ 'prɑmɪs ﹞*v.* 承諾

matter﹝ 'mætɚ ﹞*n.* 事情　　discuss﹝ dɪ'skʌs ﹞*v.* 討論

act﹝ ækt ﹞*v.* 採取行動 <*upon*>　　***in the meantime*** 同一時間

***in touch with*~** 與~連繫　　factory﹝ 'fæktrɪ ﹞*adj.* 工廠的

foreman﹝ 'formən ﹞*n.* 領班　　avoid﹝ ə'vɔɪd ﹞*v.* 避免

certainly﹝ 'sɝtṇlɪ ﹞*adv.* 一定　　agree﹝ ə'gri ﹞*v.* 同意

term﹝ tɝms ﹞*n. pl.* 條件　　concern﹝ kən'sɝn ﹞*n.* 關心的事

remind﹝ rɪ'maɪnd ﹞*v.* 提醒

productive﹝ prə'dʌktɪv ﹞*adj.* 有生產力的

following﹝ 'faloɪŋ ﹞*prep.* 在…以後　　meeting﹝ 'mitɪŋ ﹞*n.* 會議

directly﹝ də'rɛktlɪ ﹞*adv.* 直接地　　panic﹝ 'pænɪk ﹞*v.* 驚慌

cool﹝ kul ﹞*adj.* 冷靜的　　avert﹝ ə'vɝt ﹞*v.* 防止

potential﹝ pə'tɛnʃəl ﹞*adj.* 潛在的　　disaster﹝ dɪz'æstɚ ﹞*n.* 災難

Question 11: Express an Opinion

 題目解說

> 「在做出主要的決策之前，管理者應該要得到來自員工的意見回饋」你同不同意這個聲明？提出明確的理由來支持你的意見。

** supervisor〔ˋsupɚͺvaɪzɚ〕n. 管理者
feedback〔ˋfidͺbæk〕n. 意見回饋
employee〔ͺɛmplɔɪˋi〕n. 員工　　major〔ˋmedʒɚ〕adj. 主要的
decision〔dɪˋsɪʒən〕n. 決策　　agree〔əˋgri〕v. 同意
disagree〔ͺdɪsəˋgri〕v. 不同意　　statement〔ˋstetmənt〕n. 聲明
specific〔spɪˋsɪfɪk〕adj. 明確的　　reason〔ˋrizn̩〕n. 理由
support〔səˋport〕v. 支持　　opinion〔əˋpɪnjən〕n. 意見

 必背答題範例　（⊙ Track 2-06）

 中文翻譯

我認為這取決於決策的類型。
在多數的情形下，我的回答是同意。
管理者應該要一直傾聽員工關心的事。

當提到直接影響工作條件的問題，
意見回饋是不可或缺的。
充耳不聞將會是極度不明智的。
如果證明決策是不受歡迎的，會導致反效果。

管理者授權給工人來傾聽他們關心的事。
這讓他們覺得受重視。
這讓他們覺得管理階層像人一樣關心他們。

例如說，一間公司正打算更改服裝規定。

他們想要提升到更專業的形象。

最終結果對工人來說將會是一個龐大的調整。

因此，一個好的管理者會徵求意見回饋。

他會得知這是否造成任何不便。

他會聽取反對這主意的合理論點。

管理者不該表現得像獨裁者。

公司應該要考慮到很多問題。

最重要的是，他們必須先滿足員工的要求。

** ────────────────

depend〔dɪ'pɛnd〕v. 取決於　　type〔taɪp〕n. 類型
case〔kes〕n. 情形　　***when it comes to ~*** 提到~的時候
issue〔'ɪʃju〕n. 問題　　directly〔də'rɛktlɪ〕adv. 直接地
affect〔ə'fɛkt〕v. 影響　　condition〔kən'dɪʃən〕n. 條件
essential〔ə'sɛnʃəl〕adj. 不可或缺的
extremely〔ɪk'strimlɪ〕adv. 極度地
unwise〔ʌn'waɪz〕adj. 不明智的　　***turn a deaf ear*** 充耳不聞
backfire〔'bæk'faɪr〕v. 導致反效果　　prove〔pruv〕v. 證明

unpopular〔ʌn'pɑpjələ〕adj. 不受歡迎的
empower〔ɪm'paʊə〕v. 授權　　value〔'vælju〕v. 重視
management〔'mænɪdʒmənt〕n. 管理階層
interest〔'ɪntrɪst〕v. 關心　　company〔'kʌmpənɪ〕n. 公司
dress code 服裝規定　　upgrade〔'ʌp'gred〕v. 提升
professional〔prə'fɛʃənḷ〕adj. 專業的　　image〔'ɪmɪdʒ〕n. 形象
result〔rɪ'zʌlt〕n. 結果　　huge〔hjudʒ〕adj. 龐大的
adjustment〔ə'dʒʌstmənt〕n. 調整　　ask〔æsk〕v. 徵求

learn〔lɝn〕v. 得知　　cause〔kɔz〕v. 造成
inconvenience〔ˌɪnkən'vinjəns〕n. 不便　　hear〔hɪr〕v. 聽取
reasonable〔'riznəbḷ〕adj. 合理的
argument〔'ɑrgjəmənt〕n. 論點　　act〔ækt〕v. 表現
dictator〔'dɪktetə〕n. 獨裁者
take sth. into consideration 考慮某事　　***above all*** 最重要的是
meet〔mit〕v. 滿足　　need〔nid〕n. 要求

New TOEIC Writing Test 詳解

Questions 1-5: Write a Sentence Based on a Picture

答題範例

A1: A family is having dinner.
一個家庭正在享用晚餐。

A2: My co-worker is making a copy
of the sales report.
我的同事正在印銷售報告的影本。

A3: They are working on the construction
of a new building.
他們正在新建築物的建設處工作。

A4: A group of kids are hanging out
in a park.
一群年輕人正在公園閒晃。

A5: A man is sitting at his desk.
一位男士正坐在他的辦公桌前。

**　*** ───────────

have〔hæv〕v. 吃；喝　　co-worker〔'ko'wɝkɚ〕n. 同事
copy〔'kɑpɪ〕n. 影本　　sales〔selz〕adj. 銷售的
report〔rɪ'port〕n. 報告　　construction〔kən'strʌkʃən〕n. 建設
building〔'bɪldɪŋ〕n. 建築物　　kid〔kɪd〕n. 年輕人
hang out 閒晃

Questions 6-7: Respond to a Written Request

➤ Question 6:

題目翻譯

説　明：閱讀以下的電子郵件。

致：瑪莉·波頓
從：盧·馬丁尼茲
主旨：九月簡報

親愛的瑪莉，

我已經附帶一份在九月職員會議發表的簡報副本。請確認，並且讓我知道如果有任何需要做的變更或校正。

謝謝，
盧

説明：就像是部門的主管一樣回覆這封電子郵件。在這封信件裡，提及兩個你為什麼不滿意簡報的理由和說明你想要修正什麼。

** subject〔'sʌbdʒɪkt〕*n.* 主旨
　　presentation〔ˌprizɛn'teʃən〕*n.* 簡報
　　attach〔ə'tætʃ〕*v.* 附著　　copy〔'kɑpɪ〕*n.* 副本
　　deliver〔dɪ'lɪvɚ〕*v.* 發表　　staff〔stæf〕*n.* 職員
　　meeting〔'mitɪŋ〕*n.* 會議　　check〔tʃɛk〕*n.* 確認
　　know〔no〕*v.* 知道　　change〔tʃendʒ〕*n.* 變更
　　correction〔kə'rɛkʃən〕*n.* 校正　　need〔nid〕*v.* 需要
　　respond〔rɪ'spɑnd〕*v.* 回應　　head〔hɛd〕*n.* 主管
　　department〔dɪ'pɑrtmənt〕*n.* 部門
　　mention〔'mɛnʃən〕*v.* 提及
　　reason〔'rizn̩〕*n.* 理由　　satisfy〔'sætɪsˌfaɪ〕*v.* 滿意
　　explain〔ɪk'splen〕*v.* 說明　　modify〔'mɑdəˌfaɪ〕*v.* 修正

答題範例

盧,

謝謝你的努力。我讀完你寄給我的副本,但是我建議你更改兩件事。首先,我認為你應該在簡報裡使用較短的句子。長句可能會使聽眾困惑。第二,我們需要一些更多的圖表,將我們想要說的事,用清楚和簡單的方法呈現。

除了這兩個問題之外,你做得很棒。請改正我建議的事項,並且在今天結束之前,將這簡報的新版本寄給我。

敬上,
瑪莉

** work〔wɜk〕*n.* 努力　　send〔sɛnd〕*v.* 寄
　suggest〔səg'dʒɛst〕*v.* 建議　　change〔tʃendʒ〕*v.* 更改
　think〔θɪŋk〕*v.* 認為　　sentence〔'sɛntəns〕*n.* 句子
　confuse〔kən'fjuz〕*v.* 使困惑
　graphics〔'græfɪks〕*n.* 圖表
　show〔ʃo〕*v.* 呈現　　clear〔klɪr〕*adj.* 清楚的
　simple〔'sɪmpl̩〕*adj.* 簡單的　　way〔we〕*n.* 方法
　apart from 除了⋯之外　　issue〔'ɪʃʊ〕*n.* 問題
　correct〔kə'rɛkt〕*v.* 改正　　version〔'vɜʒən〕*n.* 版本
　Best 敬上 (= *Best regards*)

➤ Question 7:

🔍 題目翻譯

> **説　明**：閲讀以下的電子郵件。
>
> 從：傑克・佛斯特，恰比餐廳所有人
> 致：歐文・威爾森
> 主旨：客訴
>
> 親愛的威爾森，
>
> 我被告知，你上週在我的餐廳經歷一件遺憾的事；然而，有些細節稍微不清楚。爲了採取矯正的措施，我會重視你這一方的說法。請用一些時間說出你對這件事的關注。這樣一來，我們在未來將能夠避免類似的情況。
>
> 誠摯地
> 傑克・佛斯特
>
> **説明**：回應這封電子郵件，就像你是這間餐廳的顧客。在你的信件裡，列出兩點在你上次去餐廳時所經歷的不便，並且說明你想要如何處理這情況。

** owner〔ˋonɚ〕*n.* 所有人　　chow〔tʃaʊ〕*n.* 食物
　 subject〔ˋsʌbdʒɪkt〕*n.* 主旨
　 complaint〔kəmˋplent〕*n.* 客訴　　inform〔ɪnˋfɔrm〕*v.* 告知
　 unfortunate〔ʌnˋfɔrtʃənɪt〕*adj.* 遺憾的
　 incident〔ˋɪnsədənt〕*n.* 事件
　 experience〔ɪkˋspɪrɪəns〕*v.* 經歷　　detail〔ˋditel〕*n.* 細節
　 unclear〔ʌnˋklɪr〕*adj.* 不清楚的　　***in order to*** 爲了
　 corrective〔kəˋrɛktɪv〕*adj.* 矯正的
　 measure〔ˋmɛʒɚ〕*n.* 措施　　appreciate〔əˋpriʃˌet〕*v.* 重視
　 side〔saɪd〕*n.* 一方　　story〔ˋstorɪ〕*n.* 說法

air〔εr〕*v.* 說出　　concern〔kən'sɜn〕*n.* 關切
avoid〔ə'vɔɪd〕*v.* 避免　　similar〔'sɪmələ〕*adj.* 類似的
situation〔,sɪtʃu'eʃən〕*n.* 情況　　sincerely〔sɪn'sɪrlɪ〕*adv.* 誠摯地
customer〔'kʌstəmə〕*n.* 顧客　　list〔lɪst〕*v.* 列出
inconvenience〔,ɪnkən'vinjəns〕*n.* 不便　　visit〔'vɪzɪt〕*n.* 造訪
explain〔ɪk'splen〕*v.* 說明　　handle〔'hændḷ〕*v.* 處理

 答題範例

佛斯特先生，

首先，感謝你花時間連絡我。我本身不會將上次去恰比餐廳的事
描寫成「事件」。如你所知，我是過去十年的老顧客。這是第一次
我的服務體驗不如預期。

主要的問題是服務生對我特定飲食需求的態度；我是素食者。這
位女士嘲弄我要素食式今日湯點的要求。我認為她是說，「我們這
裡沒有。」的意思。接下來，她拒絕我要廚師不在餐點加鹽的要
求，說「廚師不接受特殊點餐。」

在信的結尾，我希望這位服務生會被提醒，要對老顧客們的需求
更加敏銳，就像你非常了解，他們是維持恰比餐廳生意的人。

誠摯地，
歐文・威爾森

** contact〔'kɑntækt〕*v.* 連絡　　portray〔por'tre〕*v.* 描寫
event〔ɪ'vɛnt〕*n.* 事情　　per se〔'pɜ'si〕*adv.* 本身
know〔no〕*v.* 知道；了解　　regular〔'rɛgjələ〕*adj.* 固定的
customer〔'kʌstəmə〕*n.* 顧客　　service〔'sɜvɪs〕*n.* 服務
experience〔ɪk'spɪrɪəns〕*n.* 經驗　　leave〔liv〕*v.* 留在…的狀態
desire〔dɪ'zaɪr〕*v.* 盼望　　main〔men〕*adj.* 主要的
attitude〔'ætə,tjud〕*n.* 態度　　specific〔spɪ'sɪfɪk〕*adj.* 特定的

dietary〔'daɪə,tɛrɪ〕*n.* 飲食　　need〔nid〕*n.* 需求
vegetarian〔,vɛdʒə'tɛrɪən〕*n.* 素食者　*adj.* 素食的
scoff〔skɔf〕*v.* 嘲弄　　request〔rɪ'kwɛst〕*n.* 要求
version〔'vɜʒən〕*n.* 形式　　believe〔bə'liv〕*v.* 認爲
effect〔ə'fɛkt〕*n.* 意思　　refuse〔rɪ'fjuz〕*v.* 拒絕
chef〔ʃɛf〕*n.* 廚師　　refrain〔rɪ'fren〕*v.* 抑制；避免
add〔æd〕*v.* 加　　salt〔sɔlt〕*n.* 鹽
meal〔mil〕*n.* 餐點　　special〔'spɛʃəl〕*adj.* 特殊的
order〔'ɔrdɚ〕*n.* 點餐　　closing〔'klozɪŋ〕*n.* 結尾
remind〔rɪ'maɪnd〕*v.* 提醒　　sensitive〔'sɛnsətɪv〕*adj.* 敏銳的
keep〔kip〕*v.* 維持　　business〔'bɪznɪs〕*n.* 生意

Question 8: Write an Opinion Essay

題目翻譯 *

在工作上追求升遷有很多不同的理由：更多的收入，自尊，和更廣泛的生涯機會。你認爲什麼是在工作中追求升遷最重要的理由？爲什麼？提出原因，或者例子來支持你的意見。

答題範例 *

爲了要認明追求升遷最重要的理由，我必須先告訴你我的工作哲學。如果你專注於應該在哪裡工作，你正走在錯誤的道路上。如果你專注於應該做什麼工作，機會將自己出現。我想起一句諺語：「愛你所做，做你所愛。」好事情看似會發生在追尋熱情的人們身上。

** reason〔'rizn̩〕*n.* 理由；原因　　seek〔sik〕*v.* 追求
promotion〔prə'moʃən〕*n.* 升遷　　income〔'ɪn,kʌm〕*n.* 收入
esteem〔ə'stim〕*n.* 尊重　　wide〔waɪd〕*adj.* 廣泛的
career〔kə'rɪr〕*n.* 生涯　　opportunity〔,ɑpɚ'tjunətɪ〕*n.* 機會

think〔θɪŋk〕v. 認為　　give〔gɪv〕v. 提供
support〔sə'port〕v. 支持　　opinion〔ə'pɪnjən〕n. 意見
in order to 為了　　identify〔aɪ'dɛntə,faɪ〕v. 認明
philosophy〔fə'lɑsəfɪ〕n. 哲學　　focus〔'fokəs〕v. 專注於
path〔pæθ〕n. 道路　　present〔prɪ'zɛnt〕v. 出現
remind〔rɪ'maɪnd〕v. 想起　　saying〔'seɪŋ〕n. 諺語；格言
seem〔sim〕v. 看似　　follow〔'fɑlo〕v. 追尋
passion〔'pæʃən〕n. 熱情

在追求升遷之前，考慮這件事：職位和職務沒有意義；技能，
價值和能力才有關係。沒有理由追求你不適任工作的升遷，只因
為它付較好的薪水。晉升過的人們可能知道一件你不曉得的重要
事情。升遷不只是拿多少錢做多少事。它甚至未必是盡你所能當
最佳員工。

** consider〔kən'sɪdə〕v. 考慮　　position〔pə'zɪʃən〕n. 職位
role〔rol〕n. 職務　　pointless〔'pɔɪntlɛs〕adj. 無意義的
skill〔skɪl〕n. 技能　　value〔'væljʊ〕n. 價值
ability〔ə'bɪlətɪ〕n. 能力　　matter〔'mætə〕v. 有關係
qualify〔'kwɑlə,faɪ〕v. 適任　　simply〔'sɪmplɪ〕adv. 只
pay〔pe〕v. 支付　　promote〔prə'mot〕v. 晉升
know〔no〕v. 知道；曉得　　critical〔'krɪtɪkl̩〕adj. 重要的
necessarily〔'nɛsə,sɛrəlɪ〕adv. 必然
employee〔,ɛmplɔɪ'i〕n. 員工

升遷是關於將你的現有職位推進至極限。它是關於表現出你
已經勝任目前的職責，而且你準備好接受新的責任。想一想。如
果你忙著工作，每小時比任何人生產更多的新產品，我為什麼要
晉升你？顯然，你對公司的價值就是你的效率。如果我晉升你，
我的生產量可能會突然下降。

** push〔puʃ〕v. 推進　　limit〔ˋlɪmɪt〕n. 極限
　current〔ˋkɝənt〕adj. 現有的；目前的　　show〔ʃo〕v. 表現
　outgrown〔ˋaʊtˋgro〕v. 勝任
　responsibility〔rɪˏspɑnsəˋbɪlətɪ〕n. 職責
　produce〔prəˋdjus〕v. 生產　　widget〔ˋwɪdʒɪt〕n. 新產品
　per〔pɚ〕prep. 每　　clearly〔ˋklɪrlɪ〕adv. 顯然地
　company〔ˋkʌmpənɪ〕n. 公司　　efficiency〔əˋfɪʃənsɪ〕n. 效率
　production〔prəˋdʌkʃən〕n. 生產　　output〔ˋaʊtˏpʊt〕n. 產量
　suddenly〔ˋsʌdn̩lɪ〕adv. 突然地　　fall〔fɔl〕v. 下降

　　只專注於對你期望些什麼可能是保有工作的極佳策略。但是使自己超出預期，並且使出全力超越自己的現有職務，可以導向更多職責的新工作—和更多錢。關鍵正是認明方法來增加更多價值到你的貢獻上。機構是透過解決問題來向前邁進。發現更多投入在解決問題的方法—那也會使你往前進。

** expect〔ɪkˋspɛkt〕v. 期望；預期
　strategy〔ˋstrætədʒɪ〕n. 策略
　keep〔kip〕v. 保有　　beyond〔bɪˋjɑnd〕prep. 超過
　stretch〔strɛtʃ〕v. 使出全力　　lead〔lid〕v. 引導
　key〔ki〕n. 關鍵　　add〔æd〕v. 增加
　contribution〔ˏkɑntrəˋbjuʃən〕n. 貢獻
　organization〔ˏɔrgənəˋzeʃən〕n. 機構　　move〔muv〕v. 移動
　forward〔ˋfɔrwɚd〕adv. 向前　　solve〔sɑlv〕v. 解決
　discover〔dɪˋskʌvɚ〕v. 發現　　way〔we〕n. 方法
　involve〔ɪnˋvɑlv〕v. 投入　　solution〔səˋluʃən〕n. 解決

　　總結來說，追求升遷的最佳理由是自尊；以及總是伴隨而來的錢和機會。

** conclusion〔kənˋkluʒən〕n. 結論
　opportunity〔ˏɑpɚˋtunətɪ〕n. 機會　　follow〔ˋfɑlo〕v. 伴隨